Mit 70 hat man noch Träume

Ute Karen Seggelke

Mit 70 hat man noch Träume

Eine Frau alleine auf Reisen

Verlagshaus Jacoby Stuart

Lebe Deine Träume!

Das war schon immer mein Motto. Und als mein 70. Geburtstag nahte, fragte ich mich, ob ich wirklich ein großes Fest feiern wollte. Oder sollte ich mir zu diesem Anlass nicht lieber einen alten Traum erfüllen? Schon einmal, bevor ich das erste Mal heiratete, war ich drei Monate mit einem alten VW-Käfer allein durch Südfrankreich und Spanien gefahren. Jetzt, siebenundvierzig Jahre später, entschied ich mich, wieder eine Reise nach Südeuropa zu machen. Drei Monate mit dem Auto allein durch Portugal und Spanien.

Auf dieser Reise würde ich die Zeit, Muße, Ruhe und die notwendige Stille haben, auf mein Inneres zu hören, mich in mich selbst zu versenken. Und zu fotografieren. Und meine Gedanken zu notieren.

Das passende Auto für die Reise, einen neun Jahre alten roten VW-Caddy, schenkte mir mein Mann Jo zum Geburtstag. Und da das Geburtstagsfest nicht stattfand, lud ich meine Freunde ein, mich unterwegs zu treffen. Meine Freundin Ingrid besuchte mich vier Tage in Lissabon, Rudolf traf ich bei seinem Freund Nico, der seit dreißig Jahren an der östlichen Algarveküste lebt, und gemeinsam mit Frauke lernte ich ein paar Tage lang die wundervolle islamische Kunst in Sevilla, Cordoba und Granada kennen.

Jo begleitete mich ab Anfang September von Nordfriesland aus über Frankreich und Nordspanien bis nach Porto, von wo er am 17. September wieder zurückflog. Und an genau diesem Tag begann meine dreimonatige Reise zu mir selbst. Eine wunderbare Erfahrung!

Ute Karen Seggelke

17. 9. Porto, Abschied von Jo

Um vierzehn Uhr bringe ich Jo zum Flughafen. Nach dem Abschied ist mir etwas mulmig zumute. Jetzt beginnt das Abenteuer tatsächlich. Ich fahre erst einmal raus aus der Stadt und an der Atlantikküste entlang nach Norden, sehe mir einen Campingplatz an: Wohnmobile dicht an dicht. Nein! Ich überlege, ob ich am Strand bleiben und im Auto schlafen soll. Bin unschlüssig. Schließlich lande ich in einem Hotel.

18. 9. Porto, Hotel Ofir

Ausgiebiges Frühstück im Hotel. Auschecken. Am Auto dann die Entscheidung, doch noch eine Nacht zu bleiben. Ich checke sofort wieder ein. Ich will mir ein wenig mehr Zeit lassen, mich an das Alleinsein zu gewöhnen und verbringe den Tag am Strand, beobachte die vielen Surfer, die geselligen Runden von Freunden, die Familien beim Wochenendausflug ans Meer. Mir fällt auf, dass die Väter liebevoll und geduldig mit dem Nachwuchs spielen, während die Frauen miteinander tratschen.

Drei Monate ganz alleine zu reisen, bedeutet mir unendlich viel. Das heißt auch: Leben ohne Anforderungen, ohne Verpflichtungen, ohne Verantwortung, zumindest nicht Anderen gegenüber, natürlich habe ich mir selbst gegenüber Verantwortung. Ich kann ganz alleine entscheiden, was ich als nächstes unternehmen will, muss mich nicht abstimmen, bin frei von äußerer Beurteilung. So ganz für mich, ganz auf mich geworfen, kann ich mich in Ruhe neu kennenlernen. Ich kann erfahren, wie ich in schwierigen, fremden, freudigen und was auch immer für Situationen reagiere. Werde ich hektisch, fühle ich mich verloren, alleingelassen?
Einer der Gründe für diese Reise, ganz alleine, ganz reduziert in meinem roten Schneckenhaus zu leben, war, dass ich in Ruhe und Stille in mich hineinhorchen, auf meine Seele achten wollte. Im Alltag funktionieren und agieren wir ständig nach äußeren Erfordernissen. Die Stimme der Seele wird dabei

nur sehr leise wahrgenommen. Hier aber habe ich Zeit, Muße, Ruhe und die notwendige Stille, auf mein Inneres zu hören, mich in mich selbst zu versenken. Niemand stört mich. Wann kann man sich einen solchen Luxus schon leisten? Aber andererseits: Wollen es die Menschen überhaupt? Eigentlich hat doch jeder die Wahl zwischen Stille und Hektik, zwischen lautem Getöse, mit dem man seine innere Stimme zudecken kann und wirklicher Ruhe, in der man auf sein Inneres hören könnte. Betriebsamkeit und Keinezeithaben gehören zu unserem normalen Alltag, die leisen Töne werden nicht mehr wahrgenommen. Man merkt es auch am veränderten Sprachgebrauch, wenn man wirklich darüber nachdenkt. Viele Wörter sind aus unserer Sprache fast verschwunden, werden kaum noch gehört. Wörter wie Demut, Sehnsucht, Milde, Sanftheit, Sanftmut, Ergriffensein, Reue, Frohgemutheit, sich anderen zuneigen, da fallen mir noch viel mehr Worte ein …

Ist es vielleicht ein Privileg meines Alters, mich der Stille hinzugeben? Und vor allem, die Stille überhaupt zu ersehnen, sie zu suchen, sie ganz und gar in mich aufzunehmen, eins mit ihr zu sein, bis ich mich in ihr auflöse. Stille innen und außen. Oder geht es anderen, den jüngeren Menschen ganz genauso, nur hören sie in der ganzen Hektik des Alltags nicht mehr auf ihre innere Stimme, die sich nach Stille sehnt? Ich kann diese Frage einfach nicht beantworten. Weiß nicht, wohin ich tendiere.

CASA
CHÁ CAF

RIENTA
CHOCOLATE
113
POÇAS
ORIENTAL
GRAUDO NORUEGA Kilo 8
CROFT PORTO
CROFT PORTO
ESPECIAL 11,95
BACALHAU GRAUDO Kilo 9,50
MELANCIA MUITO DOCE
MAÇA KG 0,99

19. 9. Von Porto über Braga zur Wallfahrtskirche Bom Jesus

Wache leicht und fröhlich auf, frühstücke noch einmal im Hotel und checke dann endgültig aus. Ich mache mich auf den Weg nach Braga, aber vorher halte ich noch kurz am Strand und gehe schwimmen. Braga ist nur sechsundzwanzig Kilometer entfernt, aber ich fahre auf der Autobahn durch eine falsche Sperre: siebzehn Euro Strafe. Das buche ich unter Erfahrungsammeln ab, von nun an weiß ich also Bescheid. In Braga finde ich gleich einen Parkplatz bei der großen barocken Kathedrale, der Sé. Die Stadt ist schön und hässlich zugleich. Portugal ist das Land der Kirchen. Mehr als achtzig Prozent aller Portugiesen sind katholisch und tief gläubig. Und Braga ist die Stadt mit den meisten Kirchen in ganz Portugal. Ein gängiger Spruch lautet: In Porto arbeitet man, in Lissabon feiert man und in Braga betet man. Ich erlebe die hingebungsvolle Gläubigkeit bei einem Gottesdienst in der Kathedrale. Die riesige Kirche ist voller Menschen, es ist ein Zusammenkommen, ein Ereignis. Ich schleiche mich leise hinaus und beobachte eine städtisch gekleidete Frau im Kreuzgang, wie sie völlig entrückt vor einer Marienstatue steht, eine Hand am Fuß

der Madonna, der sie voll Inbrunst nach oben ins Gesicht blickt und die sie mit gemurmelten Worten anfleht. Fast beneide ich sie um die Zuversicht und das Vertrauen, aus dem sie sicher Kraft schöpfen kann. Aber kirchliche Institutionen haben nichts mit meinem Glauben zu tun! Dazu später mehr.

Dann geht es weiter zur Barockkirche Bom Jesus, die hoch auf einem Berg liegt. Beeindruckender Treppenaufgang mit alten Brunnen auf jedem Absatz. Das Wasser fließt den Figuren aus den Gesichtern. Bei der einen aus den Augen, bei der nächsten aus dem Mund, dann aus den Ohren, sehr merkwürdig. Billiges Hotel oben auf dem Berg.

20.9. Von Bom Jesus nach São Jacinto

Über Serpentinen den Berg wieder hinab, und auf der A11 nach Guimarães. Zurück über die A28 an Porto vorbei nach Süden über Ovar, eine kleine Straße führt an der Ria de Aveiro entlang in Richtung São Jacinto. Finde wunderbar ruhigen, kleinen Campingplatz unter Kiefern am Dünen-Naturschutzgebiet. Das ist genau der richtige Platz für meine erste Nacht im Auto!

21.9. São Jacinto

Meine erste Nacht im Auto. Geborgenheitsgefühl. Es war eine gute Nacht. Zum Abendessen und zum Frühstück habe ich den bunten Klapptisch und den Faltstuhl ausprobiert, ebenso den Campingkocher und den Espressotopf. Alles funktioniert perfekt.
Ich wandere zweieinhalb Kilometer durch duftende Kiefern zum Strand. Er ist menschenleer. Herrlich! Die Brandung ist gewaltig, an richtiges Schwimmen nicht zu denken. Ich habe Jo versprochen, wegen des Sogs nicht allzu weit ins Wasser zu gehen.

Die häufigste Reaktion auf meine Ankündigung, drei Monate allein im Auto durch Portugal und Spanien fahren zu wollen, war: Du bist aber mutig, hast du denn gar keine Angst? Das habe ich so oft gehört, dass ich mir vorgenommen habe, ernsthaft darüber nachzudenken. Ich habe mich noch nie als besonders mutig empfunden. Neugierig auf Neues, das ist es, was ich bin. Und ist es nicht so, dass zum Mut immer auch die Angst dazugehört, beziehungsweise die Überwindung der Angst?
Da ich aber nicht von mir behaupten kann, ängstlich zu sein, heißt das im Umkehrschluss, dass ich auch nicht mutig bin. Ich glaube, ich habe einfach das große Glück, wirkliche Angst, tiefe Lebensangst, nicht zu kennen. Ich erlebe Angst bei an-

deren: Angst zu versagen, Angst sich lächerlich zu machen. Angst, die zur Panik wird. Angst kann eine alles beherrschende Kraft sein. Sie kann zum Beispiel die Antriebskraft für Zorn und Zerstörung sein oder für Arbeitswut oder anderes.
Also zurück zum Mut: Er gehört nicht zu meinem Reisegepäck, eher ein großes Gottvertrauen, ein Sichbeschützt- und Geborgenfühlen. Katastrophen kommen mir überhaupt nicht in den Sinn, die malen sich dafür meine Familienmitglieder aus, und deshalb habe ich ihnen auch versprechen müssen, nur auf Campingplätzen und nicht *wild* zu übernachten. Die Angst der anderen lässt mich also Dinge tun, die ich vielleicht allein anders tun würde. Also nehme ich doch Rücksicht auf andere, obgleich ich allein reise. Interessanter Gedanke, der mir vorher nie gekommen ist.

22.9. São Jacinto

Die Straße nach São Jacinto führt entlang dem Binnengewässer Ria de Aveiro. Ich sehe viele Angler, und am Anleger wird frischer Fisch verkauft. Trinke Galão, einen Milchkaffee, im Café an der Ria, sehr friedliche Atmosphäre. Zurück zum Campingplatz. Viele Gedanken.

Ich bin neugierig auf mich selbst. Will mich neu erleben in dieser Situation, darum wähle ich das Reisen unter einfachsten Bedingungen: Ich schlafe, lebe und fahre in meinem kleinen feuerroten Reiseauto. Ein enger Raum, nur an einer Stelle kann ich mich ganz ausstrecken, ist Platz für meine Füße. Eine einfache Schaumstoffmatratze schützt mich von unten, ein Schlafsack wärmt mich beim Schlafen. Meine Kleidung hängt an Haken an den Seiten des Autos, zum Schreiben und Essen dient mir ein fröhlich bunter Klapptisch mit einem Faltstuhl. Beides hängt an der Trennwand, ohne Platz weg-

zunehmen, wenn ich fahre. Meinen Morgenkaffee bereite ich mir im Freien mit einem kleinen Gaskocher einfachster Ausführung. Ich frühstücke sehr ausführlich: Genussvoll, ja fast hingebungsvoll serviere ich mir zu meinem Milchkaffee Müsli, Obst und in Olivenöl geröstetes Brot. Tagsüber vergesse ich vor lauter Erleben häufig das Essen. Und am frühen Abend, oft schon so gegen sechs Uhr, bereite ich mir mein Abendessen zu: meistens einen Salat. Und genieße dann die Abendruhe.

23.9. Von Aveiro über Costa Nova nach Praia de Mira

Ich verschiebe die eigentlich geplante Fahrt ins Landesinnere nach Coimbra nun doch, denn ich möchte noch einmal den Atlantik erleben. In Aveiro stehen wieder trostloseste Bauten Seite an Seite mit grandiosen, wunderschön gekachelten. In Costa Nova gefallen mir die hübsch gestreiften Häuser bei den hohen Dünen. Auf dem Campingplatz Orbitur in Praia de Mira schlafe ich beim Atlantikrauschen!

Schon nach ein zwei Tagen alleine im Auto merke ich, dass alles praktisch und richtig so ist. Ich fühle mich geborgen in meinem Schneckenhaus. Wenn ich nachts aufwache, habe ich alles in Reichweite: die Leselampe, die Bücher, das Tagebuch. Das Kostbarste aber, was ich neu kennenlernen darf, ist meine Imagination. Sie beschenkt mich mit den wunderbarsten Bildern und Gedanken. Auch gerade Erlebtes und Gesehenes setzt Gedanken und Erinnerungsfetzen in Gang, denen ich hier ganz in Ruhe nachgehen kann. Wunderbar.

24.9. Von Praia de Mira nach Quiaios

Über kleine Straßen nach Luso zum Parque de Buçaco, einem großen Wald mit seltenen Bäumen. Parke beim großen Zuckerbäckerschloss inmitten dieses wundersamen Märchenwaldes. Völlig menschenleer. Habe Sorge, mich zu verlaufen. Dann weiter nach Coimbra, wieder Glück mit dem Parkplatz, direkt am Rio Mondego. Finde kleine Straßen, die steil hinauf zur alten Universität führen und zum römischen Aquädukt. Unten in der Stadt dann Kaffee im Trubel der lebendigen Fußgängerzone. Es zieht mich zurück zum Atlantik und zum Inmichhineinhorchen.

Nie vergesse ich ein Erlebnis ganz allein mit mir selbst: Ich war etwa fünf Jahre alt und kam vom Spielen bei Nachbarn nach Hause, bog um unsere Hausecke und sah vor mir auf dem Boden meinen eigenen Schatten. Ich schaute und sah ihn an und dachte: Das bin ich! – Ganz ruhig, ganz bei mir. Es war ein tiefes Erkennen, das mir unvergesslich blieb! Ich sehe noch heute, fünfundsechzig Jahre später, die kleine Gestalt als Schatten: kurze abstehende Zöpfe, runde Schultern – und fühle noch heute die warme abendliche Sommersonne auf meinem Rücken. Ich spürte etwas Unverletzliches, auch durch äußere Einflüsse nicht Veränderbares in mir. Ich hatte einen unglaublichen Schatz entdeckt, der mich mein Leben lang begleitet hat. Immer hat mich diese ruhige Zuversicht begleitet, dieses Gefühl, dass ich mich ganz auf mich verlassen, dass ich auch die schmerzvollsten Erfahrungen durchstehen und sie konstruktiv für mich umsetzen kann.

25.9. Von Quiaios über das Kloster Batalha nach Peniche

Das Kloster in Batalha steht plötzlich da, völlig überraschend nach einer Kurve inmitten der Landschaft. Es ist riesig – gotisch, manuelinisch, unglaublich! Wurde über lange Zeit immer wieder erweitert, aber nie fertiggestellt. Es findet gerade eine Hochzeit statt, ich mische mich unter die Schaulustigen in der Kathedrale, mache viele Fotos.
Um die Kirche herum gibt es viele Souvenirläden. Ich kaufe mir Fadomusik für Zuhause. Fahre weiter auf der N1/IC2, dann auf der A15/IP6; alle Straßen sind ähnlich groß, die unterschiedlichen Bezeichnungen sind verwirrend. Mein Ziel ist ein Ort auf einer Halbinsel: Peniche. Der Campingplatz ist riesig, ich suche weiter, finde nichts, kehre zurück und buche für eine Nacht. Als ich danach wieder losfahre, um die Stadt zu besichtigen, fällt die offene Schranke des Campingplatzes auf mein Auto. Große Aufregung, Beule. Ich bin total sauer. Aber Peniche ist schön. An der Küstenstraße entdecke ich einen kleinen Campingplatz, buche mich dort ein, kehre um zum großen und checke dort sofort wieder aus. Muss am Montag wiederkommen, um den Chef wegen des Schadens zu treffen. Verbringe den Abend am wilden Cabo Carvoeiro, stürmisch und kühl.

Eine glückliche Fügung hat mich zur Fotografie gebracht – oder besser: die Fotografie zu mir. Noch in der Oberstufe wurde ich bei Karstadt in der Milchbar (so etwas gab es damals!) angesprochen, ob ich Lust hätte, fotografiert zu werden. Neugierig war ich schon immer, also sagte ich ja, und so wurde ich »Teenager Christa« von der Nivea-Familie. Das Drumherum und die Aufnahmen selbst interessierten mich nicht so sehr, sondern vielmehr die Fotografin, sie hieß Konstanze Kupferberg. Zum ersten Mal streifte mich der Gedanke, dass Fotografin auch ein Beruf für mich sein könnte.
In diese Zeit fiel auch die Ausstellung *The Family of Man*, die mich ganz tief beeindruckte. Ich begann, mich nach den Aus-

bildungsmöglichkeiten zur Fotografin zu erkundigen. Damals gab es noch kein Studium der Fotografie, nur zwei Schulen, die im Aufbau der handwerklichen Lehre angegliedert waren, eine in München und eine in Berlin. Dafür war aber in meiner Familie mit zwei studierenden Brüdern kein Geld, und Bafög gab es zu der Zeit noch nicht. Also suchte ich mir eine Lehrstelle bei einem alten sorgfältigen Lehrherrn und lernte von der Pike auf.

Das eigentlich Umwerfende werde ich nie vergessen: Sobald ich anfing, mich intensiv mit Fotografie zu beschäftigen, war es, als hätte sich ein innerer Schalter umgelegt. Ich ging plötzlich mit ganz anderen Augen durch die Welt, nahm ganz neu wahr: Licht in den Blättern, Licht auf Gräsern, kleine Dinge am Weg. Eine neue Welt tat sich für mich auf und sollte mich nie mehr verlassen. Ich schaute und schaute, lernte von Büchern großer Fotografen, ging in Ausstellungen wie eben *Familiy of*

Man oder die *Weltausstellung der Fotografie*. Und ich wusste, was ich wollte: Ehrliche Menschenbilder wollte ich machen, keine Werbefotografie, die ja gerade so im Kommen war.
Nach der Ausbildung erlebte ich die prägende, meinen weiteren Berufsweg beeinflussende Zeit bei der Theaterfotografin Rosemarie Clausen. Sie war mit ihrer fotografischen Unbedingtheit, ihrem Brennen für das Theater und unseren Beruf, ihrem Interesse an Menschen die wichtigste Frau in meinem Leben. Sie war eine warmherzige mütterliche Beraterin, aber unerbittlich im Anspruch an Qualität. Eine große Künstlerin. Durch sie erkannte ich meine Möglichkeiten.
Heute bin ich mit meinen puristischen schwarzweißen Menschenbildern ein Fossil, denn inzwischen ist die Oberfläche gefragt, nicht aber der Blick in die Seele. Meine Erfahrung hat mir gezeigt, dass ich immer nur das vom Gegenüber abbilden kann, was bei mir auf Resonanz stößt. Jede Aufnahme ist eine Dokumentation einer Begegnung, ein winziger Ausschnitt aus

Zeit und Raum. Und der Betrachter kann miteinbezogen werden, er tritt gewissermaßen an meine Stelle.

26. 9. Peniche

Nach einer unruhigen stürmischen Nacht mit wilden Träumen scheint morgens die Sonne. Sie wärmt mich, und ich fühle mich wohl. Der Platz ist grandios, windumtost, so wie ich es mir erträumt habe! Fahrt auf der Küstenstraße um die Halbinsel herum, immer wieder direkt am Abgrund, vor mir die Unendlichkeit. In einer kleinen Bucht bleibe ich, schwimme, und dann gönne ich mir frische Garnelen. Köstlich!

Welche Eigenschaften sind mir eigentlich die wichtigsten? Auf jeden Fall sind Wahrhaftigkeit und Ehrlichkeit für mich unabdingbar! Früher war ich meinen Mitmenschen gegenüber unerbittlich, was diese Eigenschaften angeht. Das war für meine Partner sicherlich oft schwer zu ertragen, denn ich verlangte, oder besser gesagt, setzte vollständige Ehrlichkeit und Wahrhaftigkeit unerbittlich voraus. Ich erinnere mich an Gespräche mit meiner Schwägerin, als wir 1968 einen Monat gemeinsam mit unseren Kindern in Vollerwiek auf Eiderstedt waren. Wie entsetzt war ich, als sie mir schilderte, dass sie ihrem Mann immer nur die guten Dinge erzählte, die schlechten aber für sich behielte. Ich konnte es nicht fassen, meinte ich doch, dass Offenheit und Ehrlichkeit die Grundvoraussetzungen für eine gute Partnerschaft seien. Wie können Partner denn sonst Vertrauen zueinander haben?
Tja – und dann habe ich schmerzhaft erfahren müssen, dass ich wohl ziemlich allein mit dieser Vorstellung lebe. Ehrlich miteinander zu sein, bedeutet, sich verletzlich zu machen. Vertrauen, Sichanvertrauen, bedeutet, sich auszuliefern. Ach, damit komme ich jetzt nicht weiter, später mehr …

27.9. Peniche, Schadensregulierung

Ich fahre zurück zum ersten Campingplatz, um den Schaden am Auto zu regeln. Der Chef spricht nur Portugiesisch! Also schwierige Verständigung über eine Mitarbeiterin, die etwas Englisch spricht. Er lässt mir zwei Möglichkeiten: Entweder wird der Schaden vor Ort behoben, das dauert drei Tage, oder der Schaden wird geschätzt, und ich lasse in Deutschland reparieren. Natürlich wähle ich die zweite Möglichkeit, also fahren wir zu einer Werkstatt zur Schadensschätzung: dreihundertzwanzig Euro. Alles wird schriftlich fixiert, kopiert, auch meine Papiere, nachmittags sind wir endlich fertig mit allem. Dann Einkaufen im Intermarché, zurück zum Campingplatz an der Küstenstraße. Abends ein unglaubliches Abendrot!

28.9. Von Peniche nach Ericeira

Abschied von dieser interessanten Halbinsel. Die Fahrt geht an der Küste entlang Richtung Sintra und Cascais. Man spürt die Wirtschaftskraft von Lissabon, alles ist gepflegt. Finde großen, aber ruhigen Campingplatz unter Kiefern in Ericeira. Morgen werde ich in Lissabon sein!

29.9. Nach Lissabon

Morgens ist die gesamte Küste im Gischtnebel. Es sieht unwirklich aus, wie verzaubert. Wenn ich unterwegs bin, ist es oft schwierig, die richtigen Straßen zu finden, darum schau ich mir den Weg vorher immer sehr genau auf der Karte an. Ich muss über Sintra, wo ich mich im Ort verfahre, und über Cascais immer auf der N6 an der Küste entlang. So erreiche ich die Verkehrshölle von Lissabon, finde auch die Straße mit meinem Hotel, Pensão Londres, aber keinen Parkplatz. Nach dem Passieren verschiedener allerengster Einbahnstraßen endlich ein Parkplatz, habe aber keine Ahnung mehr, wo ich mich befinde. Glücklicherweise habe ich den Stadtplan dabei und lasse mir die Straße mit dem Hotel von einem jungen Paar zeigen. Ich bin wohl im Kreis gefahren, denn es ist gar nicht weit, obwohl ich bei der Parkplatzsuche bestimmt eine halbe Stunde durch die Straßen gefahren war! Abends Essen im Restaurant. Schön!

30. 9. Lissabon

Gleich unten an der Ecke gibt es eine Bäckerei mit einem netten Straßencafé. Bei Galão und Pastel de Nata, Sahne-Vanille-Törtchen, warte ich auf meine Freundin Ingrid, mit der ich mich hier verabredet habe, und die schließlich erhitzt einem Taxi entsteigt. Wir starten zum ersten Stadtrundgang, treppab, treppauf, und essen auf einem Absatz einer langen Treppe zwischen Bairro Alto und Zentrum. Touristisch, aber malerisch.

1. 10. Lissabon, mit Ingrid

Die Parkplätze sind nicht nur rar, sondern auch teuer. Jeden Morgen muss ich das Auto besuchen und die Parkuhr mit vielen Euros füttern. Ingrid und ich wandern durch die Straßen, fahren mit der steilen Zahnradbahn zur Vermeidung der vielen

Treppenstufen zur Touristeninformation am großen Rossio-Platz. Abends lassen wir uns zum Fado überreden. Man bucht ihn mit einem Menü! Zwar sehr touristisch, dennoch wunderbar! Als das Programm gegen elf Uhr zu Ende ist und wir gehen wollen, bedeutet uns eine Portugiesin am Nachbartisch, unbedingt noch zu bleiben. Der Raum wird abgetrennt, und im intimen Rahmen singen die Künstler nun für sich und uns zur Freude den Fado. Unvergesslich!

2. 10. Lissabon, der Diebstahl

Wir fahren mit der Straßenbahn zum Flohmarkt. Ich kaufe alte Fliesen, schön und billig. Im Klostercafé trinken wir Kaffee, und hier wird mir meine Tasche direkt vom Bein weg gestohlen. Mit einem Schlag ist alles, was mich nach außen absichert, futsch: Bargeld, Personalausweis, Führerschein, Kfz-Schein, EC- und Visa-Karte, meine gute Nikon, Handy. Alles. Schock. Polizei. Telefonate. Ich verbiete mir *Hätte ich bloß besser aufgepasst* zu denken. Es hat keinen Sinn. Was geschehen ist, ist geschehen.

3. 10. Lissabon, mit Ingrid

Mit der Straßenbahn zum Azulejos-Museum, traumhaft! Unglaublich, diese kunstvolle Malerei auf Kacheln. Am besten gefallen mir die ornamentalen. Danach fahren wir zum großen Vasco da Gama-Einkaufszentrum, das auch am Sonntag geöffnet hat. Kaufe mir billiges Handy, billige Tasche, Portemonnaie und eine kleine Kamera, eine Canon Powershot. Ingrid zahlt, ich habe schlechte Laune.

Nach einem Tag habe ich mich einigermaßen erholt, aber dennoch denke ich immer wieder daran: Was soll, muss, kann ich daraus lernen? Natürlich noch achtsamer zu sein. Je älter ich werde, umso wichtiger wird sie – die Achtsamkeit. Achtsam mit Dingen umzugehen, bedeutet ganz eins zu sein mit dem, was ich tue, mit dem was ich sehe, was um mich herum ist. Es bedeutet, ganz im Jetzt zu sein, ungeteilt und aufmerksam. Achtsam auch mit den Menschen umzugehen, zugewandt, aufnehmend und offen zu sein für das, was von ihnen kommt. Die anderen wirklich zu sehen, ihnen zuzuhören. Also auch im Jetzt – in eben diesem Moment ganz für den Anderen da zu sein. Achtsam sein! Das ist ganz besonders wichtig auf dieser Reise. Denn so alleine darf ich nicht vergessen, das Auto sorgfältig abzuschließen oder darauf zu achten, wohin ich etwas stecke, und mir genau zu merken, wo das Auto geparkt ist …

4.10. Lissabon, Deutsche Botschaft

Ich stelle einen Antrag auf einen Ersatzausweis, lasse um die Ecke Passfotos machen, alles klappt gerade noch vor zwölf Uhr, dann wird er mir ausgehändigt, er gilt allerdings nur für vier Wochen. Arme Ingrid, es ist ihr letzter Tag. Wir machen eine lange Stadtrundfahrt mit der alten Straßenbahn. Abends gehen wir noch einmal schön essen. Die Nacht wird laut durch juchzende und singende Menschen und Autolärm.

Der Diebstahl bringt mich auf eine grundsätzliche Frage: Wie wichtig ist mir Materielles eigentlich? Ja sicher, ohne die Freundin wäre es schwieriger geworden, aber auch dann hätte ich mir helfen können! Ich bin nicht plötzlich ein Nichts, nur weil ich ohne Ausweis und Geld bin. Ich schöpfe aus meinem reichen Inneren und weiß mir zu helfen, und so wird es auch immer sein.

Aber nochmal zurück zu der Frage: Wie wichtig ist mir Materielles denn nun?
Meine Kindheit in Hamburg war durch den Krieg und den Tod des Vaters – unseres Ernährers – geprägt. Es war Nachkriegszeit. Wir hatten nichts zum Heizen, wenig zu Essen, ein bisschen Gemüse aus dem Garten, Kleidung aus alten Sachen. Aber ich erinnere mich an eine wundervolle Kindheit! Die Spiele draußen, die vielen Verwandten immer in der Nähe, meine Kusinen, Ota, meine geliebte Großmutter. Alles in Freiheit. Dann aber die Zeit in Braunschweig, plötzlich war die Armut zu spüren. Einsamkeit. Das Wirtschaftswunder fand bei den anderen statt – nur nicht bei uns. Endlich wieder zurück nach Hamburg, doch nun wurde alles noch ärmlicher: nicht mal mehr ein eigenes Bett. Aber dafür wieder im geliebten Hamburg-Volksdorf und auf der Walddörfer-Schule.
Hat mir das Ärmliche, das viele Alleinsein, Geld nur für das Allernötigste zu haben, jemals etwas ausgemacht? Ja und nein. Auf jeden Fall hat es mein Gerechtigkeitsgefühl geschärft.

Dazu fällt mir folgende Episode aus meiner Schulzeit ein: In Braunschweig musste man die Schulbücher selbst bezahlen, was meine Mutter nicht immer gleich konnte. Also musste ich mir Bücher bei Mitschülern leihen und die Texte daraus abschreiben. Einmal ging das nicht, und ich erklärte der Lehrerin, warum ich keine Hausaufgaben gemacht hatte. Nie werde ich ihren Satz vergessen: »Wer die Bücher nicht bezahlen kann, hat auf der Oberschule nichts zu suchen!« Ich war empört, packte meine Sachen und verließ den Raum. Bebend. Danach beschwerte ich mich bei der Direktorin. Ich war elf Jahre alt. Auch später, als junge Frau, hatte ich immer wenig Geld. Bei meiner Berufswahl und auch den Anstellungen als Fotografin hatte ich nie den Verdienst im Sinn, sondern immer nur das, was mich interessierte, wofür ich wirklich brannte. Ich wollte lernen, lernen, und ich wollte kreativ sein.
Eines jedoch hat mir immer etwas ausgemacht: Der Mangel an Geld äußerte sich in meiner Kindheit hässlich! Zuhause war alles irgendwie billig hingebastelt. Auch das Essen schmeckte nicht – aber heißt das, dass guter Geschmack zwingend teuer sein muss? Nein, das wohl nicht. Bei uns fehlte einfach das Liebevolle, denn die Liebe war meiner Mutter, falls sie sie denn je besessen haben sollte, im Kummer um den Verlust der zwei Männer abhanden gekommen.
Ja, die Liebe – ein großes Thema, dafür brauche ich aber noch ein wenig Zeit.

5.10. Von Lissabon nach Costa da Caparica

Morgens um viertel vor sechs wird Ingrid vom Taxi abgeholt und zum Flugplatz gebracht. Ich versuche noch ein wenig zu schlafen, wandere nach dem Frühstück noch einmal zum Elevador de Santa Justa, grandiose Aussicht! Packen, auschecken und raus aus diesem Moloch Stadt! Ich fahre über die

schöne Brücke über den Tejo nach Süden: zum Ausruhen an die Küste nach Costa da Caparica.
Meine Gedanken wandern wieder zu dem Diebstahl. Der erlittene Verlust ist nicht lebensbedrohlich. Letzten Endes habe ich zu Hause mein Reisekonto, und es ist nur eine Frage der Zeit, wann ich von hier aus wieder darüber verfügen kann, und fürs Erste hat mir Ingrid zweihundert Euro geliehen. Ich habe mein Autochen zum Schlafen oder auch, wie jetzt, als schützendes Gehäuse gegen den Regen. Ich brauche nur die Gebühren für den Campingplatz und das Spritgeld, beim Essen kann ich mich beschränken.
Bedrohlich ist jedoch das Fremde, das Hässliche, das durch diesen Diebstahl in mein Leben eingebrochen ist. Jemand nimmt mir einfach meine persönlichsten Sachen weg. Aus Boshaftigkeit mir gegenüber? Nein, doch wohl nur, um an mein Geld zu kommen. Vielleicht hatte er Hunger? Brauchte etwas zum Anziehen? Wohl eher Drogen oder Alkohol. Also, Karen Seggelke, du warst gar nicht persönlich gemeint. Schließ endgültig mit der Geschichte ab!

5.–6.10. Costa da Caparica

Habe einen herrlichen Platz unter Kiefern auf dem Campingplatz gefunden. Ich bleibe zwei Tage auf diesem Platz, es regnet durchgehend.

Materielles ist mir nicht wichtig, die Qualität von Material dagegen sehr wohl. Eine Tasche soll aus weichem Leder sein; ein Stoff aus Wolle, Samt oder Seide; ein Möbelstück aus Holz; ein Essen aus guten Zutaten. Es ist nicht das äußerlich Materielle, an das ich diese hohen Ansprüche stelle: Es ist das Haptische, Ästhetische, Genussvolle. Lieber verzichte ich auf etwas, bevor ich einen Kompromiss eingehe.
Ich habe darüber nachgedacht: Mein Anspruch an Qualität geht viel weiter als nur bis zum Material. Er bezieht sich auch auf Literatur, Malerei, Musik, Kunsthandwerk, Architektur.

Dabei merke ich, dass es mir auch wieder um Ehrlichkeit geht, obwohl der Zusammenhang nicht gleich erkennbar ist. Ganz simpel ausgedrückt, macht es mich wütend, wenn etwas entstanden ist, nur weil es gut *wirkt*, also nicht aus dem inneren Antrieb, sich auszudrücken, sondern aus dem Wunsch nach äußerer Anerkennung und Bewunderung. Das fängt bei so etwas Grauslichem an wie Laminatfußboden, der so tut, als sei er aus Holz, und endet bei all den vielen mit den Gefühlen der Zuschauer spielenden Telenovelas und ihrer tränendrüsigen Musik.

7.10. Zur Lagoa de Albufeira

Weiter an der Küste entlang nach Süden. Die Campingplätze sind alle schrecklich: eingeteilt in Kleinparzellen, zugestellt mit Wohnwagen. Biege ab auf kleine Seitenstraßen und durchfahre große Kiefernwälder, es wird ruhiger. Ich lande schließlich an einer Lagune. Sehr schön, ganz ruhig, genau, was ich jetzt brauche. Auf dem Platz stehen zwar viele Wohnwagen, aber sie sind unbewohnt. Ich finde einen ruhigen Platz ganz am Rand für mich und mein Auto und buche gleich für fünf Tage. Lese, wandere am Strand zum wilden offenen Ozean. Denken, Lauschen, Schauen.

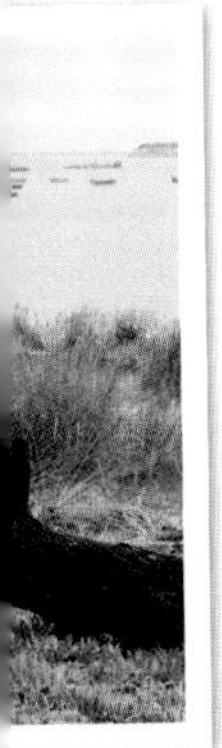

Die Lagune ist ein Naturreservat. Es fahren keine Motorboote auf ihr. Mein Platz liegt im Wald mit einer kleinen unbefestigten Zugangsstraße. Ich bin die einzige Bewohnerin des Platzes, es ist hier schon Wintersaison. Die wenigen Geräusche, die ich höre, sind das ferne Donnern der tosenden Brandung des Atlantik, die Schreie der Möwen und anderer Wasservögel, das sanfte Glucksen des steigenden Wassers, das Rauschen des Windes in den Pinien. Ab und zu ein leises Platschen, wenn sich eine Seeschwalbe pfeilschnell ins Wasser stürzt, um einen Fisch zu fangen. Welch ein Gegensatz zum lauten Lissa-

bon mit seinem mörderischen rücksichtslosen Verkehr, den aufheulenden Motoren und lärmenden Menschen am Tag und während der ganzen Nacht!

8. 10. Lagoa de Albufeira

Wandel ist in Allem oder alles ist ständig in Veränderung, es gibt nichts Statisches. Nach einer Nacht, einem ganzen Tag und wieder einer Nacht ununterbrochenem Regen – nein, Regenfluten –, geht heute die Sonne an einem völlig wolkenlosen Himmel auf, lacht sich eins über verzagte Gedanken und beweist: Wandel ist in Allem. Selbst wenn nach einem langen Regentag, den ich größtenteils im Auto hockend verbracht habe, auch noch die ganze Nacht hindurch Regen so stark auf das Autodach prasselt, dass ich vor Lärm nicht schlafen kann, will ich an einen wundervollen Sonnenaufgang am nächsten Morgen glauben – oder am übernächsten, was meine Geduld zugegebenermaßen doch ziemlich strapaziert würde.

Wandel ist ein Lebensthema, das auch mit Annehmen, was da ist, Hoffnung und Geduld zu tun hat. Gerade hier an der Lagune, die einen Kilometer weiter westlich mit dem Atlantik verbunden ist, kann ich anschaulich lernen, wie alles stetig im Fluss ist. Ganz sachte, fast geräuschlos hebt und senkt sich der Wasserspiegel alle sechs Stunden. Obwohl das regelmäßig geschieht, ist doch alles in Veränderung begriffen: Der Sand zeigt immer neue Muster, die Boote dümpeln hin und her. Ein Boot, das gestern umgekehrt am Strand lag, treibt später bei hoher Flut ganz ruhig kieloben im Wasser und ist heute untergegangen. Und der eben noch tiefblaue Himmel bedeckt die Sonne mit grauen Wolken. Wandel allenthalben.

9.10. Lagoa de Albufeira

Heute wachte ich auf mit einem leuchtenden Gefühl von Freude. Sie breitete sich in mir aus wie ein goldener wärmender Teppich, und ich lag ganz ruhig da. Eine große Dankbarkeit durchflutete mich. Was für ein riesiges Geschenk habe ich mir mit dieser Reise machen dürfen. Dass ich die Vision hatte, dieses machen zu müssen, zu wollen, zu können! Und welch ein Glück, dass dieses Autochen zu mir fand. Nur so konnte der Plan konkret werden. Nie hätte ich diese Geborgenheit in mir und in diesem roten Schneckenhaus gespürt. So wie ich in mir alles für mein inneres Sein finde, bietet es mir alles für mein äußeres Leben: den Platz zum Schlafen, und die Dinge, die mich wärmen und mich ernähren. Und es bewegt mich fort.

Dieses äußerlich einfache Leben ist eine Wohltat und lässt Raum für ein reiches Innenleben. Zum Beispiel dachte ich heute Nacht, als die Sterne so unglaublich funkelten, an uns Men-

VERINHA
SESIMBRA

schen. Wir erfinden einen Gott, bauen ihm Häuser, tun so, als habe er uns Regeln und Gesetze aufgegeben. Wir gestalten ihn zu einer strafenden oder wohlwollenden Macht, die verwaltet. Und diese Verwaltung wird von machthungrigen Menschen ausgeübt; wie durchsichtig ist das doch, egal ob im Christentum oder in den anderen Religionen.

10. 10. Lagoa de Albufeira

Was mir jetzt hier, in der Einsamkeit der Natur mit dem einfachen Leben noch einmal ganz klar wird: Ja, es gibt eine höhere – aber nicht fassbare – Macht. Eine Schöpfungskraft, die alles, den gesamten Kosmos, zusammenhält. Ich bin ein mit allem verbundenes Wesen, eingebunden in dieses ewige Werden und Vergehen, es ist wie Einatmen und Ausatmen. Aber ich bin auch ein denkendes reflektierendes Wesen. Unsere eigentliche Aufgabe auf dieser Erde liegt sicher darin zu ordnen, zu schützen; ja, auch zu gestalten, aber gewiss

nicht zu zerstören, zu unterwerfen. Die Natur ist im weitesten Sinne die Göttin, die Allmächtige, der Urgrund, die Quelle. Wir sagen *die Natur* als wäre sie außerhalb von uns, dabei sind wir ein Teil von ihr. Wir zerstören, bezwingen sie, wo wir nur können – aus Gier nach Geld, nach Macht – und zerstören dabei doch nur uns selbst.

11.10. Lagoa de Albufeira

Ich habe ein Kleinod von einem Buch für die Reise geschenkt bekommen: *Die portugiesische Reise* von José Saramago, dem portugiesischen Literaturnobelpreisträger. Er hat es gut, er kennt die Sprache, die Eigenheiten seiner Landsleute, er kann sich mit ihnen unterhalten.
Ich werde nicht schlau aus den Portugiesen: Meistens sind sie sehr verschlossen, besonders die Männer sind wenig hilfsbereit. Ganz anders die einfachen Frauen in den Dörfern, in den kleinen Supermercados. Sie sind sehr freundlich, mit einem Wortschwall geben sie Erklärungen ab, auch wenn sie merken, dass ich fast nichts verstehe. Bei ihnen habe ich das Gefühl, dazu zu gehören. Bei den Männern fühle ich mich meistens als störende Fremde. Oder sogar als Objekt der Begierde taxiert! Unglaublich, man stelle sich nur vor: Ich, eine Siebzigjährige mit drei erwachsenen Kindern und sieben Enkelkindern!

12.10. Zum Cabo Espichel und nach Setúbal

Auf der Suche nach dem Cabo Espichel habe ich mich dreimal verfahren, aber das Suchen hat sich gelohnt, es ist ein wunderbarer Ort, wieder ganz außen, am Rande von Europa! Abseits vom alten Leuchtturm liegt eine Wallfahrtskirche mit unzähligen Zellen für Wallfahrer. Ganz für sich eine kleine Kapelle mit einem Gesicht. Dann Campingplatz vor Setúbal. Schlechte Nacht, Kopfschmerzen.

Es hat mich angestrengt, dieses Lissabon. Diese beeindruckende Stadt, ausgebreitet über steile Hügel, wo man treppauf und treppab geht oder sich von den Elevadores hinuntertragen lassen kann. Diese unglaublichen Schätze, wunderschönen Bauten, hervorragenden Museen; der Reichtum und gleich daneben die bittere Armut; die fröhlich feiernden Studenten und die abgerissenen Drogenabhängigen, die einem für wenig Geld oder eine Zigarette einen Parkplatz freihalten. Das alles verbunden in einem Strudel von Autos – Tag und Nacht, Autos wohin man blickt und horcht. Die engsten Gassen sind zugeparkt, sodass ein Auto kaum hindurchkommt und die Fußgänger sich auf schmalen Pfaden irgendwie hindurchschlängeln müssen.
Ich wollte so gerne von Lissabon entzückt sein, gefangengenommen werden, aber woran ich mich als erstes erinnere, ist der mörderische Lärm und der Verkehr sowie das unwürdige Leben der Armen und Drogensüchtigen, die mich gründlich bestohlen haben. Vielleicht gewinnen später wieder andere Erinnerungen die Oberhand, wie die an das kleine Café an der Ecke, wo man draußen an winzigen Tischen den guten Galão trinken und zartes süßes Gebäck genießen kann, mitten im tosenden Leben auf Fußweg und Straße.
Ach – ich darf natürlich den Fado nicht vergessen. Dieser Abend wird mir unvergesslich bleiben! So viel Inbrunst, so viel Schwermut, so viel Leichtigkeit! Wunderbar. Alles in allem sind mir die Portugiesen immer noch ein Rätsel, dasselbe gilt für ihre Sprache. Geschriebenes kann ich teilweise verstehen, aber Gesprochenes bleibt mir ein Buch mit sieben Siegeln. So viele Zischlaute, so viel wird verschluckt. Aber wenigstens kann ich auf Portugiesisch Danke sagen: Obrigada.

13. 10. Von Setúbal nach Évora

Habe mich wieder mal verfahren, lande dann aber doch auf der Straße nach Évora. Aus Geldmangel fahre ich nun keine Autobahn mehr, denn ich werde erst in Spanien wieder an Geld kommen. Die Landschaft hat sich ganz und gar verändert: Korkeichenwälder – der Alentejo. Finde einen sehr schönen Campingplatz etwa zwei Kilometer vor Évora. Viel Platz. Warum ich mich so oft verfahre? Es hat mit den Straßenschildern zu tun. Mal ist mein jeweiliger Zielort tatsächlich ausgeschildert, doch schon am nächsten Kreisel, und die Portugiesen sind Weltmeister im Kreiselbauen, gibt es kein Schild mehr, das auf den Ort verweist. Dafür tauchen lauter andere Ortsnamen auf, das setzt aber voraus, dass ich wissen muss, dass die Straße, die ich nehmen sollte, über eben diesen kleinen Ort führt. Da ich während des Fahrens aber nicht gleichzeitig die Karte lesen kann, fahre ich erstmal in dieselbe Richtung

weiter, was sich später oft als falsch erweist. Oder ich muss mir mühsam den Weg, wie nach Cabo Espichel, erfragen, weil keinerlei Schilder mehr kommen. Doch dann ab etwa zwei Kilometer vor dem Zielort steht an jeder Straßenecke ein Hinweisschild auf den Ort.
Etwas ganz Verrücktes gibt es in Sesimbra, das in einem Talkessel liegt. Ich fuhr vergnügt an der Atlantikpromenade entlang, um nach Setúbal zu gelangen und nahm an, dass irgendwann ein Schild käme, das mich stadtauswärts in die gewünschte Richtung führt. Und richtig, ein Schild *Lisboa/ Setúbal* weist mir den Weg nach links. Merkwürdigerweise führt diese Straße unter einem Haus hindurch, so denke ich jedenfalls, aber nein, sie führt nicht unten hindurch, denn ich befinde mich nun plötzlich in einem Parkhaus. Kopfschüttelnd und genervt folge ich dem Schild *Saída*. Aber anstatt hinaus werde ich von einer Etage zur nächsten nach oben geleitet, höher und höher. Endlich, im 5. oder 6. Stockwerk, ich habe nicht mehr mitgezählt, zeigt sich Licht am Ende des Tunnels. Ich

bin wieder draußen und mit der größten Selbstverständlichkeit weist mir ein harmloses Schild den Weg nach Setúbal, als wäre es das Normalste von der Welt, einen Höhenunterschied in senkrechter Form in der Schnecke eines Parkhauses über sechs Stockwerke zu überwinden! Eine gewitzte Lösung zum Staunen, zum Schmunzeln, zum Kopfschütteln. Verstehe einer die Gedankengänge der Portugiesen. Sogar der Portugiese Saramago gesteht in seinem Buch, dass er sich häufig verfährt!

14.10. Évora

Morgens dichter Nebel. Dennoch: eine schöne alte Stadt! Wandere lange durch die Straßen. Nachmittags zurück zum Campingplatz. Sonnenschein, also Haare waschen. Als es dunkel wird, beginnen die Mitbewohner des Campingplatzes ihre Vorbereitungen für die Nacht zu treffen. Einige Elefantenautos schieben sich noch an ihre Plätze.
Auf der Straße nach Évora hatte ich einen Wegweiser mit der Aufschrift *Cromeleque dos Almendres* entdeckt. Ich hatte schon über die Steinmenhire gelesen und biege auf eine kleine Straße nach rechts ab. Durch riesige Korkeichenwälder geht es viele Kilometer in die Einsamkeit, immer weiter. Auf den letzten Kilometern ist die Straße unbefestigt, sodass ich schon denke, dass ich mich wieder mal verfahren habe.
Doch dann trifft mich der Anblick völlig unvorbereitet: Riesige Monolithen tauchen im Wald auf. Ich steige aus dem Auto und betrete atemlos den Platz. Ich bin ganz allein, und es herrscht vollkommene Stille. Die Steine stehen in einem riesigen Oval von sechzig mal dreißig Metern, wie ich später lese, das sich an einem Abhang zu der weiten Landschaft öffnet. Ganz klein, weit unten erkenne ich Évora.
Ich wandere umher, berühre einen Stein nach dem anderen und spüre die Kraft. Welch ein Ort! Vor 7000 Jahren haben

Menschen dieses geschaffen – eindeutig ein Heiligtum. Ich spüre es! Es ist mir egal, was die Wissenschaftler zur Entstehung und zum Zweck der Menhire sagen. Später lese ich, dass die Wissenschaftler rätseln.

Durch den Besuch in Évora angeregt, denke ich wieder an die unglaubliche Pracht überall. In jeder kleinen Stadt gibt es mehrere prunkvolle Bauten. Innen sind sie barock überladen mit vergoldeten Holzschnitzereien.
Da fuhren ab dem 15. Jahrhundert die sogenannten Entdecker, Helden wie Vasco da Gama, der hier in Évora geehrt wird, über die Meere nach Afrika, Amerika, Asien. Sie bauten neue Handelswege auf, raubten den fremden Ländern das Gold und die Menschen, verkauften sie als Sklaven, besetzten die Länder als Kolonien. Unglaubliches Leid wurde ganz selbstherrlich angerichtet, Kulturen zerstört – und unglaublicher Reichtum Jahrhunderte lang angehäuft. Daher die Prunksucht.
Die Herzöge bauten Paläste, die Bischöfe und Könige die Wahnsinnskirchen. Das Geld wurde mit vollen Händen ausgegeben, es kam ja immer wieder neues. Sehr spät, erst 1974, und nach schweren Kämpfen entließ Portugal seine Kolonien in die Unabhängigkeit. Seitdem schlingert das Land von einem Bankrott zum nächsten, und die Menschen trauern immer noch den glanzvollen Zeiten nach. Allerdings profitierten nur die Reichen vom Reichtum, die Armen blieben arm.

15.10. Von Évora nach Sagres

Über kleine Straßen fahre ich durch riesige lockere Korkeichenwälder mit schwarzen und roten Rindern. Überall weiße Häuser mit blauen Kanten. Je näher ich der Küste komme, desto mehr Kiefern sehe ich. Sines, der ganze Ort ist ein Kap. Auf dem Campingplatz, auf dem ich eigentlich übernachten

wollte, steht inzwischen ein Kraftwerk! Nach Ausruhen am Strand weiter durch schönste Landschaft, aber auf extrem kurviger Straße nach Sagres.

Mit den Campingplätzen hat sich mir eine unbekannte Welt aufgetan! Die größte Kategorie der Campingplatzbesucher um diese Jahreszeit sind Rentner zwischen sechzig und fünfundsiebzig Jahren. Sie reisen sehr häufig mit kleinem Hund, die meisten kommen aus Großbritannien und Frankreich, einige aus Deutschland und den Niederlanden. Sie suchen die Sonne, reisen in überdimensionalen Riesencampern mit Satellitenantenne auf einem Extrastativ, also mit Fernseher und allem Komfort. Sie bleiben im allgemeinen zwei bis drei Nächte, kommen an, grenzen ihren Bereich mit grünen Plastikbahnen ab, hängen sich per Kabel an das Stromnetz, holen die Sonnenstühle heraus, setzen sich in die Sonne und lesen. Morgens gehen die Frauen im Morgenmantel zum Waschhaus, manche sogar mit Lockenwicklern. Die Männer sind für die Chemieklos zuständig, für die Wassertanks und manchmal fürs Geschirrspülen.

Nur wenige interessieren sich für die portugiesische Kultur, für die Menschen. Viele sind in Portugal nur auf der Durchreise, um in Spanien zu überwintern.

Dann gibt es einige wenige, die mit einem kleinen VW-Bus reisen, häufig Jüngere. Sie übernachten, fahren morgens früh los, wohl um das Land zu erkunden, und kommen abends erst zum Schlafen wieder zurück. An der Küste gibt es die Zelter, junge Menschen, die surfen wollen. Auf so jemanden wie mich mit einem kleinem Auto zum Fahren und Leben, ohne Komfort – vor allem in meinem Alter und als Frau allein – bin ich nicht noch einmal getroffen.

Die Rentner in meinem Alter treten eigentlich nur paarweise auf. Die meisten scheinen zufrieden und fröhlich. Es fällt auf, dass ihre Elefantenautos immer pikobello sauber sind. Auf den meisten Campingplätzen gibt es extra Wagenwaschanlagen, aber wahrscheinlich fahren diese Riesen auch nicht auf unbefestigten Straßen. Mein Schneckenhaus sieht dagegen sehr nach unterwegs aus.

16. 10. Sagres

Passend zu dem Thema Eroberung bin ich nun in Sagres, dem südwestlichsten Ort Europas. Heinrich der Seefahrer (so genannt, obwohl er selbst nie zur See fuhr) könnte mit größerem Recht »der Eroberer« heißen. Hier am äußersten Punkt des Kontinents soll er residiert haben. Heute steht hier die Fortaleza de Sagres aus dem 17. Jahrhundert. Eine anrührend schlich-

te weiße Kapelle in herzergreifenden Proportionen, Nossa Senhora da Graça, hat seit dem 15. Jahrhundert überdauert sowie eine mysteriöse sogenannte Windrose auf dem Erdboden.
Man kann einen drei Kilometer langen gepflasterten Weg ganz außen am Kliff entlang wandern, immer direkt am Abgrund. Während ich dahin wandere, gleitet mein Blick über den Atlantik weit in die Ferne. Heute wissen wir, dass irgendwann wieder Land in Sicht ist, aber ich gebe mich ganz der Faszination hin, vor mir die Unendlichkeit zu haben. Ich stehe auf dem letzten Zipfel des Kontinents. Dieser Rest Felsen bricht jäh ab und stürzt siebzig Meter tief in den tosenden Atlantik, wo Gischt hoch aufspritzt und der Wind heulend mitmischt. Der Ort ist kraftvoll und erhaben.
Ich fühle mich von Orten wie diesen geradezu magisch angezogen, wie besessen. Ich will nur einfach dastehen und die Kraft spüren. Ich bleibe lange. Angler stehen am Abgrund und halten ihre Angeln nach tief unten ins Wasser. Später bade ich

SAGRES

in der kleinen Bucht von Beliche. Zurück auf dem Campingplatz, leiste ich mir in der Abendsonne ein Schlemmermahl mit Gambas vom Intermarché.
Über mir kreisen riesige Vögel. Sind es Adler? Oder eher Geier? Bestimmt sieben oder acht! Da, wo allmorgendlich der Schäfer seine Ziegenherde durchtreibt. Wunderschöne Ziegen, auch ein Ziegenbock mit einem riesigen Gehörn, fast hätte ich Geweih geschrieben, so groß!

Mal wieder treffe ich auf einen einzelnen Mann im VW-Bus. Sehniger Typ, schütteres Haar, Mitte sechzig, kurze Turnhose. Er hat seinen Platz neben dem meinen und sein Wagen ein Hamburger Nummernschild. Ich spreche ihn freundlich an. Aber wieder jemand, der nicht lächeln kann. Drei Tage *wohnen* wir nebeneinander, wechseln aber keine drei Worte miteinander. Wenn er tagsüber zum Surfen fährt, hängt er quer über seinen Platz ein Schild mit der Aufschrift *Reservado!*

Wenn er da ist, hält er sich hauptsächlich in seinem alten Bus auf. Tagsüber stellt er einen Sonnenkollektor aufs Dach. Eine Satellitenschüssel versteckt er verschämt halb in der Hecke. Ich würde ihn gerne fragen, was ihn so umtreibt, aber er strahlt so eine Sprich-mich-nicht-an-Attitüde aus, dass ich ihn nicht stören will. Sucht er die Begegnung mit sich selbst? Ja, wahrscheinlich doch auch. Aber er wirkt so verbissen, der Arme, schaut nur vor sich hin, hat keine Neugier für seine Umgebung. Immer wieder begegnet mir bei Männern die Angst vor dem eigenen inneren Abgrund. Während Frauen sich darum bemühen, sich kennenzulernen und an sich zu arbeiten, stürzen Männer sich eher in äußere Aktivitäten: Sport, Frauen, Hobby. Sich messen, erobern, besser sein als andere, das verschafft ihnen die Daseinsberechtigung. So kommt es mir jedenfalls oft vor.

17.10. Sagres

Noch einmal in Sagres an den Hafen und dann zum Cabo de São Vicente. Es ist mein Ort!
Im Moment fliegen meine Gedanken umher wie lose Bänder, ab und zu haken sie sich für eine Weile an einem Thema fest, dann fliegen sie weiter. Was für ein herrliches Leben ich habe!
Heute Nacht habe ich das Gedicht *Wir gehen immer verloren* von Jean Gebser gelesen, und besonders die letzten Zeilen haben mich sehr berührt:
Dass uns ein Sanftes geschehe,
wenn uns der Himmel berührt,
wenn seine atmende Nähe
uns ganz zum Hiersein verführt.
So habe ich meinen Blick wieder einmal nach innen gerichtet.
Dass mir ein Sanftes geschehe: Wie schön ist diese Sprache. Sie trifft direkt in die Seele. Was ist es eigentlich genau, das be-

wirkt, dass uns ein Gedicht anspricht? Natürlich sind es die Worte, aber ich glaube, dass am Ende das, was zwischen den Zeilen schwebt, in uns ein tiefes Gefühl auslöst. In diesem Gedicht ist es ganz sicher das Liebevolle, das zwischen den Zeilen schwebt, das mich so tief berührt.

Damit bin ich bei einem Thema, das ich schon lange vor mir herschiebe, auf dem ich herumkaue, das immer wieder im Bewusstsein auftaucht, das ich als ständigen Begleiter – als Teil von mir – ahne, spüre. Es geht um die Liebe.
Liebe durchdringt mein gesamtes Dasein. Ich habe einmal geschrieben *Liebe ist mein Ordnungsprinzip*. Das klingt im ersten Moment bürokratisch, ist es aber nicht im geringsten, denn ich spüre Liebe als Quelle und als Ordnung stiftendes Prinzip allen Lebens und Denkens. Liebe als ein großes allumschließendes Geschenk, und ich empfinde tiefe demütige Dankbarkeit dafür. Kann man sich Liebe erarbeiten? Sie erwerben? Sich um sie bemühen? Ich glaube eigentlich nicht. Man kann der Liebe aber ganz bewusst Raum gewähren. Meine Liebe zum Leben,

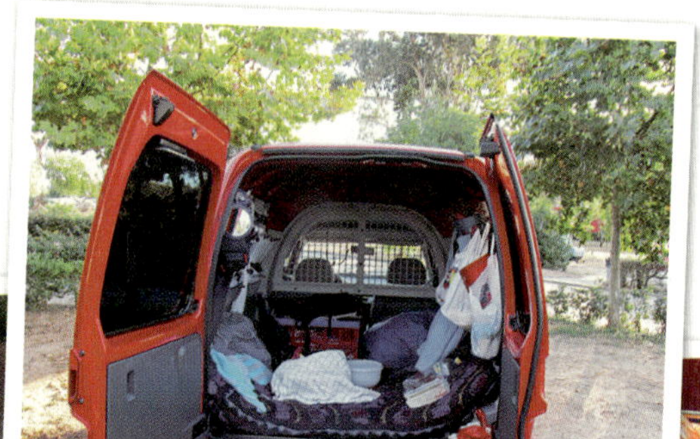

zur Freude am Leben hat ganz sicher mit der Liebe zu mir selbst zu tun. Mit der Freude, am Leben zu sein. Sie ist ein großes Potential in mir – so kann sie sich ganz selbstverständlich nach außen richten. Sie schwingt sich nachts empor zum unglaublichen Sternenhimmel – oder hinab zu einem dicken Käfer, der sich vor mir auf der Erde seinen Weg bahnt. Sie wandert zu meinem Geliebten, zu den inzwischen erstaunlich vielen Menschen meiner Familie: zu den Kindern, Schwiegerkindern, Enkeln. Ich bin so reich durch diese Liebe.
Ein liebevoller Mensch ist eben ein Mensch voller Liebe, das heißt auch, seine Liebe wird allen Menschen zuteil, wenn auch auf unterschiedliche Art und Weise. Je älter ich werde, desto mehr glaube ich, dass wir uns, bewusst oder unbewusst, dafür entscheiden, einen bestimmten Menschen zu lieben.
Ich habe das Glück, dass mein Geliebter gleichzeitig mein Gefährte, mein bester Freund und auch mein Ehemann ist. Wir haben uns unter unmöglichen Umständen vor über dreißig Jahren verliebt, waren uns nah, haben uns getrennt, kamen wieder zusammen. Viele Jahre ging es so. Mal war die Liebe zu ihm nicht zu spüren, dann war sie wieder stark. Irgendwann war es nötig, sich zu entscheiden, die Zuneigung und Verbundenheit zu bejahen, aber die enge Bindung loszulassen. Heute ist unsere Beziehung geprägt von Nähe und Distanz, Achtung, Interesse aneinander, Fürsorge und – ganz wichtig: Leichtigkeit! Er unterstützt mich, wenn ich Hilfe brauche, und umgekehrt ist es genauso – ganz selbstverständlich. Wir sind Verbündete auf unseren unterschiedlichen Lebenswegen.

18.10. Von Sagres zur Felsenalgarve

Nach gemütlichem Frühstück packe ich langsam ein und fahre weiter. Zum ersten Mal auf dieser Reise ändert sich die Hauptfahrtrichtung: Ich fahre an der Südküste Richtung

Osten. In Luz mache ich Halt für einen Galão an der Promenade. Übernachte auf schlechtem Campingplatz, muss aber Geld sparen. Die zweihundert Euro, die Ingrid mir geliehen hat, schrumpfen schnell zusammen durch Tanken und Campingplatzgebühren.

19. 10. Von Lagos über Silves nach Quarteira

Die Kirche Santo António in Lagos ist unglaublich: Der gesamte Kirchenraum barock überladen mit vergoldeten Holzschnitzereien, protzig und gleichzeitig rührend naiv die Putten. Weiter zum alten Sklavenmarkt beim Hafen, von dem es heißt, er sei der erste, auf dem Menschen aus Afrika verkauft wurden. Von diesem Hafen aus segelten die Entdecker in alle Welt, woran die Büste Heinrich des Seefahrers erinnert. Ich wandere auf dem Klippenweg hoch über dem Meer, hier herrscht wieder Einsamkeit. Unter mir ockerfarbene Felsen und kleine Buchten, vor mir eine schöne Kapelle direkt über dem Abgrund. Über Silves, mit seiner alten Burg aus rotem Sandstein und den bunten Häusern, fahre ich durch das Hinterland, alles ist zersiedelt, vorbei an touristischen Zentren wie Portimão und Albufeira nach Quarteira.

20. 10. Quarteira

Ich muss tanken und ich muss die Campingplatzgebühren für zwei Nächte bezahlen, da bleiben mir noch genau dreißig Euro. Dann noch schnell Lebensmittel einkaufen, nun habe ich noch zwanzig Euro!

21. 10. Von Quarteira nach Fuseta

Unterwegs halte ich bei der Kapelle São Lourenço, sie ist ganz und gar mit blauen Kacheln ausgekleidet! Anrührend und wunderschön. Der Ort ist so voller Spiritualität, mir kommen die Tränen. Weiter nach Faro. Schöne Stadt mit altem Tor, engen Altstadtgassen und einer Kathedrale, von deren Turm man auf das Vorland mit Salinen und Bischofspalast blickt, weit in der Ferne blinkt der Atlantik. Eine kleine Küstenbahn pendelt zwischen Lagos und der spanischen Grenze. Abends Campingplatz in Fuseta.

Heute morgen schiebt an meinem roten Schneck ein Typ vorbei, sehr groß, schrankmäßig, Bauch eingezogen und lächelt jovial: »Guten Morgen, na, gut geschlafen? Hohoho.« Ich, ganz naiv: »Ja, danke der Nachfrage, Sie auch?« Das irritiert ihn. Seine Nachfrage war schadenfroh gemeint, wie sich aus seiner nächsten Bemerkung ergibt: »Na, Ihr Auto steht ja wohl nicht so ganz eben.« Darin klingt an: doofe Frau allein unterwegs, kann nicht mal ihr Auto richtig parken.

Ich werde ja hier zwangsläufig mit Männern meiner Generation konfrontiert. Entweder stehen sie unterm Pantoffel: Typ dicker Bauch, ja, ja Muttchen, aber mein Baby (das ist das Wohnmobil) fahre ich, da bin ich der King. Oder sie sind ganz der Herr im Haus, der sich mit Bier und Buch in den Liegestuhl zurückzieht, während Muttchen pusselt. Was gibt es bloß für spießige Leute. Alles wird dauernd geputzt. Diese Beobachtungen kann ich natürlich nicht verallgemeinern. Ich treffe hier ja nur auf eine bestimmte Auswahl von Menschen, besonders an der Algarve. Hier gibt es überhaupt keine Jüngeren in VW-Campern. Hier sind die Rentner, die mit ihren riesigen Wohnmobilen auf den Campingplätzen dicht an dicht stehen und überwintern.

Ihre Elefantenautos sind so groß, dass sie gar nicht auf kleinen Straßen bewegt werden können. Sie fahren direkt auf großen Straßen zum Campingplatz, sichern ihren Platz ab, umzäunen ihn und stellen Plastikblumen davor. Von diesem *Zuhause* bewegen sie sich kaum weg, nur mal ab und zu mit dem Klapprad zum Strand oder zum Einkaufen. Mehr Bewegung gibt es nicht, und das sieht man ihnen auch an. Besonders die Männer schieben dicke Bäuche vor sich her, die sie auch gerne nackt präsentieren. Grauslich!

22.10. Fuseta, mit Rudolf

Ich bin jetzt ganz in der Nähe von Luz de Tavira. Dort wohnt Nico, und bei ihm treffe ich mich mit Rudolf, der gestern angekommen sein müsste und mir von Deutschland meinen

Reisepass sowie eine neue EC-Karte mitbringt. So ist es dann auch: Endlich habe ich meinen Pass, Scheckkarte und Geld! Wir kaufen Fisch in der Markthalle von Fuseta. Rudolf wohnt bei seinem alten Freund Nico, einem leidenschaftlichen Koch, der seit dreißig Jahren in Portugal lebt. Rudolf und ich wandern auf der großen Sandbank an der Brandung entlang. Abends Essen im Fischrestaurant.

23.10. Fuseta.

Vollmond! Ich werde die ganze Woche in Fuseta auf dem Campingplatz direkt am Vorland bleiben. Vormittags zu Nicos Haus, wir unternehmen mit seiner Tochter Paula und Rudolf einen Ausflug in die Berge des Hinterlandes. Mittags unglaublich tolles Wildschweingulasch in einem Restaurant mitten in der Einsamkeit.

24.10. Fuseta

Frühstück bei Nico. Ein herrlicher Tag im Watt. Nico zeigt uns, wie man erkennt, wo man nach Muscheln graben muss. Wir sammeln Austern und Muscheln, bis uns die Flut überrascht. Nachmittags sehne ich mich wieder nach dem Alleinsein und fahre zum Campingplatz zurück. Lesen, schwimmen, denken.

Mich bewegt die Frage: Was ist mir wirklich wichtig?
Das Wichtigste für mich sind Liebe und Achtsamkeit.
Ich möchte liebevoll und achtsam mit Menschen und Dingen umgehen.
Ich möchte das Leben in Leichtigkeit leben und gleichzeitig Tiefe und Ernsthaftigkeit nicht verlieren.
Wahrhaftigkeit ist wichtig – die eigene und die der Anderen; aber da bin ich nicht mehr ganz so fanatisch wie früher. Trotzdem kann Vertrauen zwischen zwei Menschen nur existieren, wenn beide wahrhaftig sind.
Ich möchte vertrauen können, und ich möchte, dass mir vertraut wird. Aber ich verurteile Menschen nicht mehr, die anders leben. Etwas habe ich gelernt: zu lassen und loszulassen, Menschen und Dinge nicht hinbiegen zu wollen.
Wichtig sind mir altmodische Werte wie Anstand und Tugend, auch Demut ist mir wichtig.
Lachen ist mir wichtig! Humor, Fröhlichkeit. Aber über die üblichen Witze kann ich nicht lachen, oft verstehe ich sie gar nicht und komme mir dann dämlich vor.
Banales ist mir peinlich, falschgekleidete Menschen auch.
Lebenselexier ist mir Kunst: Bilder, Skulptur, Architektur, Fotografie, Gedichte, aber auch gut erzählte Geschichten. Und natürlich Musik, Chorsingen, wenn aus vielen Stimmen etwas wunderbares Ganzes entsteht.
Während ich diesen Gedanken nachhänge, ist Abendfriede eingekehrt. Die Sonne ist untergegangen, in der Dämmerung geht ein halber Mond auf, und ganz sachte senkt sich der

Abendtau auf alles herab. Ein Hund bellt in der Nähe, ein anderer antwortet von fern. Ich bereite mich für die Nacht vor.

25.10. Fuseta

Frühstück bei Nico mit Rudolf. Wir wandern am Strand entlang, dann machen Nico und er Besorgungen, und ich fahre vom Bahnhof Fuseta mit der kleinen Bimmelbahn durch die Salinen noch einmal nach Faro. Unterwegs entdecke ich eine Flamingokolonie! Ohne sich von der Bahn stören zu lassen, suchen die Vögel im sumpfigen Vorland nach Nahrung.

27.10. Fuseta

Fahrt mit derselben Bimmelbahn in die entgegengesetzte Richtung nach Tavira, einer freundlichen Stadt am Fluss. Von der Burg hoch oben hat man einen weiten Blick über die Dächer, die eigenartig geformt sind – so, als habe jeder Raum im Haus sein eigenes Dach. Mittagessen in einem kleinen Bistro am Fluss.
Zurück nach Luz de Tavira, denn heute kommt meine Freundin Frauke. Abends kocht Nico für uns alle, und wir essen in geselliger Runde. Ich bleibe dort und übernachte in meinem Auto vor dem Haus.

28.10. Sevilla, mit Frauke

Mit Frauke auf nach Spanien. Über die Autobahn erreichen wir nach hundertzwanzig Kilometern Sevilla. Frauke hat ihren Navi dabei, und so finden wir schnell das Hotel. Es liegt in einer engen Gasse inmitten der Altstadt. Ich bekomme vom Hotel einen reservierten Parkplatz zugeteilt, doch als ich in das Parkhaus fahren will, merke ich in buchstäblich allerletzter Sekunde, dass die Einfahrt zu niedrig ist. Ich muss also der engen Gasse folgen und schwitze Blut und Wasser, weil ich ALLES, wirklich alles: den Stadtplan, den Namen des Hotels und den der Straße, vor allem mein Handy, im Hotel gelassen habe. Ich wollte ja nur schnell das Auto in die Garage fahren ... Nun kurve ich auf engen Einbahnstraßen hilflos umher und verfahre mich total. Schließlich glaube ich, die Gegend wiederzuerkennen und frage in einem anderen Hotel nach, quetsche das Auto bei einem Museum in eine winzige Parklücke und suche zu Fuß weiter, bis ich das Hotel endlich nach eineinhalb Stunden wiederfinde. Frauke ist völlig aufgelöst, sie dachte, ich habe einen Unfall gehabt.
Nach kurzer Erholung begeben wir uns neugierig auf eine erste Erkundungstour. Interessante lebendige Stadt: riesige Kathe-

drale, goldener Altar, Glockenturm, der früher ein Minarett war, erste Berührung mit islamischer Kunst: der Palast, der Alcázar! Ich stehe mit klopfendem Herzen in der riesigen Kathedrale vor dem goldenen Altar. Die schönen Plätze, eleganten Fußgängerzonen mit fröhlichem Treiben in den Cafés. Ich bin beeindruckt.

29.–30.10. Sevilla, mit Frauke

Wir wandern durch die Fußgängerzone mit ihrten tollen Geschäften und Cafés, die unglaublich gutes Gebäck haben. Genießen die lebendigen Plätze und das gute Essen. Und – den Flamenco!! Den erleben wir in einer riesigen ehemaligen Fabrik, wir sind früh dran, aber es ist schon proppenvoll! Erst um elf Uhr beginnt ein begeisterndes Programm. Tolle Stimmung. Auf dem Rückweg regnet es Bindfäden, und wir kommen völlig durchnässt spät in der Nacht ins Hotel zurück.

31.10. Nach Córdoba, mit Frauke

Córdoba mit seinen engen Gassen. Mit Glück finden wir ein gutes und doch billiges Hotel direkt gegenüber der Mezquita, das Hotel Marisa. Die Mezquita! Sie überwältigt mich völlig unvorbereitet, mir stockt der Atem! Die riesige Halle, unermesslich groß mit hunderten von Säulen in jede Richtung und maurischen rotweißen Bögen. Ich fühle mich hinweggetragen, berauscht von den Proportionen. Mitten hinein haben die Christen ihre helle Kathedrale, hoch aufstrebend, gebaut. Immerhin haben sie die Mezquita nicht abgerissen, sondern versucht, die Kirche einfühlsam zu integrieren. Der schöne mit Kieselsteinen gepflasterte Hof mit seinen Orangenbäumen und dem plätschernden Brunnen. Ein unvergessliches Erlebnis, ein Geschenk. Überwältigend! Jede wandert für sich allein durch die Mezquita, schöne Harmonie mit Frauke. Abends gemeinsam essen, in Spanien wie immer spät. Die Restaurants öffnen überhaupt erst um acht Uhr.

1.11. Von Córdoba nach Granada, mit Frauke

Die Fahrt geht durch grüne Hügel mit vielen Oliven. Der gestrige Regen ist in den Bergen als Schnee gefallen! Wir fahren an der schneebedeckten Sierra Nevada entlang, grandios! Und wieder haben wir Glück mit dem Hotel: das Hostal Britz am Fuße der Alhambra.

2.11. Granada, mit Frauke

Ganz früh müssen wir zur Alhambra, um Karten zu bekommen. Wunder über Wunder! Islamische Kunst: ein Rausch von Ornamenten in Stein, auf Kacheln, Bögen, Licht, plätscherndem Wasser. Ein Ort der Schönheit, des Friedens, zu

dem man sehnsuchtsvoll zurückkehren möchte. Ein Reichtum – unglaublich! Ich bin zutiefst beeindruckt und angerührt von der Harmonie, Heiterkeit der islamischen Kunst. Karl V. war so begeistert von der Alhambra, dass er sich direkt neben die sarrazenischen Paläste ganz protzig einen eigenen Palast baute. Ein Koloss, den ich voller Widerwillen betrete. Doch dann stockt mir wieder der Atem! Die Quadratur des Kreises: Der große Innenhof des Riesengebäudes mit quadratischem Grundriss ist kreisrund! In perfekten Proportionen laufen übereinander zwei Säulengalerien außen herum. Ich stelle mich in den Mittelpunkt, drehe mich langsam um die eigene Achse: wunderbare Harmonie, im 16. Jahrhundert von einem toledischen Künstler geschaffen – außen Klotz, innen umwerfend.

3. 11. Von Granada nach Málaga, mit Frauke

Nach dem Frühstück an der Plaza Nueva führt uns der Weg wieder durch die Sierra Nevada mit ihren schneebedeckten Gipfeln Richtung Mittelmeer. Wir halten kurz in Maro bei Nerja und erreichen am Nachmittag Málaga. Wieder riesige Kathedrale, Paläste, eine offene Stadt mit schönem Platz und einem inspirierenden Picasso-Museum als gelungener Abschluss dieser Woche. Letzter Abend mit Frauke. Die Tage mit der Freundin, in Gleichklang und Wechsel von Nähe und Distanz, die Begegnung mit der hohen Kunst des Islam: Eine Woche, in der ich unvorbereitet zutiefst angerührt wurde.

4. 11. Von Málaga nach Tarifa

Frauke fliegt früh, ich frühstücke in Ruhe. Ich entscheide mich, doch noch nach Westen, zurück zum Atlantik Richtung Cádiz zu fahren. Kurvige A7 durch Touristenhölle, rechts und links Bettenburgen. Dann Gibraltar, riesiger Fels, sehr touristisch. Fahre weiter bis Tarifa. Wunderschöner Campingplatz direkt am einsamen Strand im Naturschutzgebiet. Ich genieße das Alleinsein.

5. 11. Tarifa

Über Nacht hat sich der Sturm von den Bergen gelegt. Es wird langsam hell. Die aufgehende Sonne färbt die Wolken am Himmel sanft rot, der leise Wind vom Atlantik schiebt sie träge vor sich her. Die Stare beginnen ein fröhliches Morgenkonzert mit Schnalzen, Flöten, Kullern, Rufen. Ein Fischreiher steht unbeweglich an der Flussmündung, die Brandung stülpt sich laut über die Ohren. Während drüben über Afrika Regen in Streifen aus dunklen Wolken fällt, wärmen mich die ersten

Sonnenstrahlen. So beginnt ein neuer Tag, und ich fühle eine große Weite, eine Geborgenheit, ein Eingebundensein. Dankbarkeit und Demut breiten sich in mir aus, die Tränen laufen mir über das Gesicht.

6. 11. Tarifa

Ich mache lange Wanderungen am Meeressaum. Starker Tidenhub. Sturm wird zum Orkan. Unsere geselligen Frühlingsboten von zu Hause, die Stare, sitzen, während ich schreibe, auf einem Mäuerchen ganz nah bei mir und trillern und schnalzen und flöten und glocken, dass es eine Pracht ist. Dabei ist es kalt und windig. Was ist der Antrieb für diese kleinen Wesen, so fröhlich den Schnabel aufzusperren und zu jubilieren? Daseinsfreude? Die ist mir vertraut, die durfte ich auf dieser Reise häufig spüren.

Die Zeit mit Frauke lässt mich über Freundschaft nachdenken. Welchen Stellenwert hat sie für mich? Jetzt, da ich wieder allein bin, wird mir bewusst, wie wichtig ein Rückzugsort zu mir selbst ist. Ich brauche die Stille mit mir. Eigentlich wollte ich darüber schreiben, wie wichtig mir die Freundinnen sind. Nun wird mir klar: Der Austausch mit ihnen kann nur fruchtbar sein im Wechsel mit Zeiten des Alleinseins.
Es war wunderbar, mit der Freundin die gleiche Begeisterung zu teilen, die gleiche Ergriffenheit beim Anblick der islamischen Kunst zu spüren, bereichernd und kostbar. Mir wird bewusst, dass ich mehr für meine Freundschaften tun muss, und ich denke an meine Freundinnen: Edda, Hilke, Mecki, Sibille, Frauke, Adelheid … Viele Frauen waren mir im Laufe meines Lebens nah und sind mir doch wieder abhanden gekommen. Diese Freundschaften will ich jetzt pflegen, will regelmäßig Kontakt halten, das nehme ich mir ganz fest vor.

Warum habe ich eigentlich keine Männerfreunde? Es wäre schön, auch einen männlichen Freund zu haben. Die männliche Sicht auf die Dinge – auf die alltäglichen Fragen des Lebens – wird erstaunlicherweise plötzlich interessant für mich. Warum? Vielleicht hat es damit zu tun, dass ich viel darüber nachgedacht habe, was es eigentlich für mein Leben bedeutet hat und noch bedeutet, ohne Vater aufgewachsen zu sein.
Die Kindheit mit den älteren Brüdern war sicher prägend, auch später zeitweise in den Teenagerjahren, aber ein väterliches Vorbild, eine Figur, die männliches Verhalten vorlebte, gab es nicht.
Konnten meine Partner diese Lücke füllen? Kaum. Die Männer meiner Generation sind tief verunsichert. Ihre Väter kamen entweder nicht aus dem Krieg zurück oder waren durch grauenvolle Kriegserlebnisse traumatisiert. Beim Erwachsenwerden hatten diese Söhne also einerseits kaum Vorbilder, spürten andererseits aber noch die alten gesellschaftlichen Zwänge, etwa *Ein Junge weint nicht* und so fort. So behielten sie ihre Ängste für sich, lernten Gefühle zu ignorieren und strebten nach äußeren Erfolgen. Aber das alte System der Geschlechterrollen funktionierte plötzlich nicht mehr, denn die Frauen machten sich auf den Weg, verbündeten sich, stellten an den ohnehin verunsicherten Mann Forderungen nach partnerschaftlichem Verhalten. Die Frauen wollten endlich über ihre Gefühle und Frustrationen reden. Gerade das wollten und konnten die Männer aber nicht. Unterschiedliche Erwartungen führten zu Trennungen. Die Frauen wurden dadurch stärker, die Männer noch mehr verunsichert, suchten schnell nach neuen Erfolgen und Partnerinnen. Aus heutiger – altersmilder – Sicht tun sie mir leid. Aber damals war ich eine von diesen Frauen.

7.11. Tarifa

Lange Wanderungen am Meeressaum. Ich denke über meine Kinder nach. Neben Jo sind meine Kinder die wichtigsten Menschen für mich. Ich habe sie geboren und über eine kurze Zeitspanne beschützt, geleitet. Dann ging jedes der drei eigene Wege. Ich konnte nur von Ferne zusehen. Manchmal mit Freude, manchmal mit Sorge.
Spürten sie meine Liebe? Ich glaube und hoffe es. Es wäre schön, wenn sie sie als Werte-Basis für ihr eigenes Leben sehen können. Mehr konnte ich ihnen nicht mitgeben. Erfahrungen, Irrtümer, alles müssen sie alleine sammeln. Dennoch bin ich sehr stark mit ihnen verbunden. Meine Liebe zu ihnen ist einfach vorhanden, auch wenn ich manchmal enttäuscht oder sogar verletzt war. Das große Wunder aber wird mir jedes Jahr kurz vor Weihnachten bewusst, wenn wir unser jährliches Familienfoto machen: aus ursprünglich fünf Menschen, also Vater, Mutter und drei Kinder, wurden wir zunächst, als der Vater davonging, vier. Und dann wurden wir immer mehr. Zu jedem von uns gesellte sich ein Partner, also waren wir acht Menschen, und nach und nach wuchs die dritte Generation heran, nun sind wir fünfzehn!
Mit jedem meiner Kinder verbindet mich jeweils eine ganz eigene Beziehung. Jede für sich besonders und kostbar. Meine Enkelinnen und Enkel erlebe ich als spannendes Geschenk.
Es ist so schön, an ihrem Leben teilnehmen zu dürfen, ohne Verantwortung tragen zu müssen. Ich darf sie verwöhnen, einzelne bevorzugen, sie bleiben meine Enkel, und ich ihre Großmutter!

8. 11. Tarifa

Ich fahre nach Tarifa hinein. Es herrscht immer noch ein orkanartiger Sturm. Die Stadt wirkt fast afrikanisch. Von hier geht die Fähre nach Tanger in Marokko ab.
Dieser Abend hier, gegenüber von Afrika, ist ganz besonders. Die Sonne geht unter, die letzten Vögel singen noch ein kleines Lied, Zikaden geben ihr unnachahmliches Zirpen von sich, langsam wird es dunkel, und die ersten Sterne erscheinen. Im Westen bleibt es noch lange sanft hell. Die Nachtkühle zieht herauf, ich sitze in eine Decke gekuschelt und lausche andächtig der atmenden Stille. Wenn es ganz dunkel ist, bildet der Sternenhimmel eine grandiose Weite über mir. Ich löse mich auf darin, bin ganz eins mit dem Kosmos – auch ein winziger Stern.

Ich wollte diese Reise möglichst ohne Ballast machen, so einfach wie es gerade geht, reduziert auf das Notwendigste. Ich dachte aber, ich würde ab und zu im Hotel übernachten wollen. Doch so kam es nicht, am liebsten schlafe ich in meinem roten Schneckenhaus, hier fühle ich mich geborgen, habe alles griffbereit. Und das, obwohl es jetzt schon früh dunkel und auch morgens und abends recht kühl wird. Die Campingplätze bieten die notwendige Sicherheit, die Dusche morgens, manchmal kalt, manchmal warm. Aber ich bin ganz mit mir, folge konzentriert meinen Gedanken, Wünschen. Welch ein Luxus!! Ich spürte und ahnte es ja schon immer, aber jetzt habe ich die Gewissheit: Die wirkliche Geborgenheit finde ich nur in mir.

9. 11. Von Tarifa nach Cabo de Gata

Nun geht es also wirklich zurück, entlang der Südküste nach Osten. Eine weite Fahrt. Wieder durch Touristengebiete, zwischendurch kurze Ausblicke auf das Mittelmeer, steile Kurven. Nach längerer Suche lande ich auf dem Campingplatz Los Escullos.

Dieses autarke Reisen erinnert mich seltsamerweise an eine lang vergangene Zeit. Als Imke, meine Älteste, noch Baby war und wir mit dem Auto reisten, konnten wir unterwegs überall anhalten, wenn es notwendig wurde. Ich stillte sie, wickelte sie. Alles was sie brauchte, hatte ich dabei. Erinnerungen an früher, die tief in mir schlummern und jetzt an die Oberfläche kommen, lösen eine große Verwunderung aus, wenn ich aus der Erinnerung ins Heute zurückkehre. Ich kann es eigentlich nicht wirklich fassen, dass das schon so lange her ist, und dass ich tatsächlich schon siebzig Jahre alt bin! Ich will das gar nicht verleugnen oder mich jünger machen, ganz und gar nicht, denn ich habe ja eine reiche Zeit prall gefüllt mit Erleben in mir. Aber mein Verhältnis zu dieser Zahl siebzig passt so gar nicht zu meinem inneren Jungsein. Ich bin nach wie vor neugierig auf das Leben, voller Freude, voller Liebe. Diese Reise mit ihren Anforderungen bereitet mir keinerlei Beschwerden, die dünne Matratze im Auto keine Rückenschmerzen, die anstrengenden Stadtbesichtigungen machen mich nicht müder als Jüngere. Ja, ich bin dankbar und ganz sicher: Ein Gott, eine Göttin beschützt mich, lenkt mich. Dennoch, die Haut wird schlaffer. Als ich heute meine nassen Hände unter das starke Gebläse eines Händetrockners hielt, beobachtete ich mit Erstaunen, wie die Haut nach außen geschoben wurde und an den Rändern richtig flatterte. Ich schaute zu, als gehörten sie nicht zu mir! Aber so ist es: Die Haut wird dünner, im direkten wie im übertragenen Sinne. Ich mache diese Reise ja auch, weil mir bewusst ist, dass ich höchstens noch zehn Jahre körperlich fit sein werde. Die Zeit,

die mir bleibt, wird immer endlicher. Diese Zeit will ich ganz im Jetzt leben, voller Achtsamkeit. Achtsam, liebevoll und wahrhaftig mit mir und den Menschen, die mir nah sind.

10. 11. Cabo de Gata

Es ist wieder ein Kap. Der Leuchtturm windumtost. Großes Naturschutzgebiet, Camping Los Escullos, östlichster Punkt der spanischen Küste im Süden, bevor der Küstenverlauf sich nach Norden wendet.

In meinem ersten Buch, *Frauen über 50*, bat ich die Frauen, für die Eingangsseite selbst handschriftlich zu formulieren: *Wie bin ich geworden, was ich heute bin, was hat mich geprägt*. Zu dem Heute gehört ja immer auch das Gestern. So wandern meine Gedanken zurück. Nach der lichten Kindheit folgte die dunkle Zeit in Braunschweig, wohin meine Mutter meinte mit uns ziehen zu müssen. Ich weiß nicht, warum sie diese Entscheidung fällte. Mit zehn Jahren wurde ich aus meinem Zuhause, meinem geliebten Hamburg, gerissen und in eine einsame Welt gesetzt. Wir wohnten in einem zum Wohnen völlig ungeeigneten Rokkoko-Lustschlösschen ohne fließendes Wasser. In der Küche gab es nur eine Pumpe, die im Winter regelmäßig einfror. Meine Kindheit war zu Ende. Ich hatte einen weiten Schulweg, keine Freundin, war immer allein. Meine Mutter ging morgens früh aus dem Haus und kam abends zurück, meine Brüder und ich hatten entgegengesetzt Nachmittags- und Vormittagsunterricht. Jede Art von Familienleben wurde dann vollends zunichte gemacht, als die Brüder nach ein und zwei Jahren wieder nach Hamburg zurückzogen. Ich musste die langen Jahre ausharren, über fünf waren es. Eine Zeit, die mich sicher sehr auf mich geworfen hat. Ich war sechzehn Jahre alt, als wir endlich nach Hamburg zurückgingen. Heute frage ich mich,

was meine Mutter eigentlich bewogen hatte, diesen Schritt zu unternehmen. Welche Hoffnungen hatten sie dazu verführt? Jedenfalls tat sie es nicht, wie es damals hieß, aufopferungsvoll für ihre Kinder. An mich hat sie dabei nicht gedacht, ich wurde natürlich nicht einmal gefragt. Die Brüder studierten, lebten ihr Leben, ich blieb bei ihr, als sie krank wurde, und gab meine Auslandspläne auf. Aber ich blieb immer in mir. Aus heutiger Sicht sehe ich meine Mutter als eine vom Zeitgeschehen gebeutelte Frau, die durch den Krieg zwei Männer verloren hatte und darüber lieblos geworden war. Sie ging unglaublich herzlos mit ihrer eigenen Mutter um, die aus materieller Not bei uns wohnen musste. Meine Mutter war und blieb mir fremd bis zu ihrem Tod mit vierundsechzig Jahren. Als meine Mutter starb, behielten wir sie noch drei Tage im Haus, und ich saß die Nächte bei ihr und konnte Frieden mit ihr schließen. Ich spürte großes Mitgefühl mit ihr. Sie hatte als junge Frau so übermütig und unternehmungslustig begonnen, hatte Kunst studiert, war nach Südamerika ausgewandert. Der Krieg hatte ihr alle Kraft und Hoffnung, mit Phantasie, Humor und Liebe ein reiches Leben zu leben, geraubt. Ich kann mich nicht erinnern, vertrauliche Gespräche mit ihr geführt zu haben oder dass sie Interesse und innere Anteilnahme an meinem Leben genommen hatte.

11. 11. Cabo de Gata

An der Küste bizarre Felsen, von Wind und Wellen geformt, zum Teil fast weiß. Die Landschaft hier ist urtümlich, eindeutig vulkanisch. Die Farben der Felsen rot, weiß, schwarz.

Solange ich denken kann, zieht es mich ans Wasser, ans Meer. Der Wind pustet verknäulte Gedanken davon, der weite Himmel bringt Klarheit. Ich kann stundenlang an der Nordsee im Watt herumlaufen, mit offenen Sinnen, einfach nur schauen, hören, riechen.
Insofern war die Entscheidung, die Iberische Halbinsel zu umfahren, naheliegend. Und nach meinen Ausflügen ins Land zog es mich unweigerlich zurück an die Atlantikküste. Der Ozean ist grandios. Mit unglaublicher Energie donnern meterhohe Wellen auf den Strand.
Kilometerweit – so weit das Auge reicht – Wellen, Gischt, Sand, Dünen. Ganze Küstenregionen von Gischt eingenebelt. Wellen, die an den Strand rollen und sich zurückziehen, das Steigen der Flut und Zurückweichen bei Ebbe. Alles in ständiger Veränderung.
Und erst an den Kaps, den *Land's ends!* Das sind Kraftorte, die mich magisch anziehen. Senkrecht fallen die Felsen sechzig Meter in die schäumende Gischt. Und wenn ich da oben stehe,

möchte ich fliegen! Vor mir die Unendlichkeit, hinter mir ein ganzer Kontinent.
Das Gegenstück zum Cabo de São Vincente bei Sagres, dem südwestlichsten Punkt Europas, erlebe ich am südöstlichen Cap am Mittelmeer, Cabo de Gata. Der Sturm umtost das Kap so stark, dass ich Mühe habe, mich auf den Beinen zu halten. Die Gischt spritzt zig Meter zu mir herauf und überzieht alles mit einer salzigen Kruste. Dennoch, mit leisem Bedauern hatte ich bei Gibraltar vom Atlantik Abschied genommen. Nachts kein donnerndes Getöse mehr, das mich vom Schlafen abhält, kein Schlürfen, Plätschern, Gurgeln, Flüstern, auch Klackern mehr, wenn die Wellen über die Kiesel rollen.
Das Meer bietet mir Metaphern fürs Leben. Alles fließt, ist in Veränderung, nichts stagniert, ist vorhersehbar. Es zeigt mir die kraftvolle unbezwingbare Natur, die Unendlichkeit, die Ewigkeit. Ach, das Meer ist noch so viel mehr für mich: Obwohl immer in Veränderung, ist es verlässlich – es kommt und geht, ist immer in Bewegung, aber immer da!

12.11. Von Cabo de Gata nach Mojácar

Es geht zum ersten Mal nach Norden. Wunderschöne Strecke über die Berge nach Mojácar, zwar fest in britischer Hand, aber ruhiger Campingplatz El Cantal de Mojácar.

Ein Thema habe ich bis jetzt beiseite geschoben: Die dunkelste Zeit meines Lebens. Angeregt durch die Rentner-Ehepaare auf den Campingplätzen, die von Sonnenaufgang bis Sonnenuntergang nebeneinander in Liegestühlen sitzen und lesen, stelle ich mir vor, wie ich – wie wir – geworden wären, wenn ich mit meinem ersten Mann weiter zusammengelebt hätte.
Die Erschütterung traf mich damals gewaltig. Noch heute fühle ich die innere Erstarrung, das Stillstehen der Zeit, die über mir, in mir zusammenbrechende Welt. Alle sagten, das geschieht doch andauernd. Mich aber traf die Erkenntnis, dass der Mann, dem ich am meisten vertraute, mich seit vielen Jahren mit einer Geliebten betrog, wie ein Keulenschlag. Würdelose, wütende Jahre folgten, in denen ich verzweifelt versuchte,

zu verstehen, wieder Vertrauen zu fassen, Ehe und Elternhaus für die Kinder zu retten. Die Versuche scheiterten an meiner tiefen Verletzung und daran, dass der Mann die Tragweite seines Handelns nicht verstand. Es war lange Zeit schwer für mich zu erkennen, dass ich ihn nie verstehen würde. Wie er die Verbundenheit mit der ihm wichtigsten Frau – wie er immer betonte – aufs Spiel setzen konnte. Es war nicht zu klären, und ich musste akzeptieren, dass wir ganz unterschiedliche Vorstellungen von partnerschaftlichem Vertrauen hatten. Heute kann ich die zwanzig Jahre mit ihm mit Freude betrachten. Wir gründeten gemeinsam ein Heim, wurden Eltern – und erwachsen. Wenn ich ihn heute sehe, denke ich: wie fremd und doch wie vertraut. Ganz liebevoll.
Heute weiß ich, dass ich Kraft, Stärke und große innere Freiheit aus diesem Drama gewonnen habe. Bedeutet das, dass Weiterentwicklung, persönliche Reife nur durch erlittenes Leid ermöglicht wird? Das kann man sicher nicht verallgemeinern. Aber die Erfahrung, schwierige Situationen gut meistern zu können, stärkt ganz gewiss für kommende Lebensstürme. Ich habe jedenfalls erlebt, dass mich auch in der dunkelsten Phase der Lebensmut, dieser positiv konstruktive Kern in mir, nicht verlassen hat.

13.–14.11. El Cantal de Mojácar

Am Strand wandern, schreiben, viele Gedanken, auch allmählich an zu Hause. Die Reise neigt sich dem Ende zu. Dieser Campingplatz hat einen Fußgängertunnel, der unter der Straße durch direkt zum Strand führt. Ich genieße die Ruhe, aber wie mag es hier im Sommer sein? Jetzt stehen nur ein paar Camper hier. Einige haben sich zum Überwintern eingerichtet, andere sind auf der Durchreise. Der Ort zeigt die typische Leere der Nachsaison. Alles ist auf Massentourismus ausgerichtet.

15.–16. 11. El Cantal de Mojácar

Ich genieße noch zwei ruhige Tage. In einer Woche werde ich in Barcelona sein und Jo vom Flughafen abholen! Wenn ich daran denke, pocht mein Herz.

Auf der ganzen Reise kreuzen überall und immer wieder Ameisen meinen Weg, große, mittelgroße, winzige.
Eines Morgens beim Frühstück krabbelt fröhlich eine riesige Ameise über meinen Tisch. Also so etwas Tolles, das glatte Alutischbein hochzuklettern, das muss belohnt werden!, denke ich und breche ein Stückchen vom Brot ab, aus Ameisensicht riesig. Zielstrebig steuert Frau Ameise darauf zu, packt es – und krabbelt rückwärts ab in Richtung Tischkante. Sie krabbelt über das Frühstücks-Set, bei einer Falte lässt sie ihre Beute los, krabbelt ohne Brot darüber hinweg, testet, dass es nach dem Faltenberg weitergeht, kehrt zurück, und unter Mühen zieht sie das Brotstück über Berg und Tal. Schließlich kommt sie zur Tischkante, stürzt sich mitsamt Brot in die Tiefe und bringt die Beute in Sicherheit. Ich bin sprachlos (na ja, wir sind ja allein, die Ameise und ich haben sowieso nicht miteinander gesprochen) und frage mich: Können Ameisen denn planen und denken? Und wenn ja, wo in diesem kleinen Kopf ist Platz für ein Gehirn? Die Welt ist voller Rätsel.

17. 11. Von El Cantal de Mojácar über Benidorm nach Oliva

Es regnet, also breche ich frühzeitig auf. Wieder hat mein rotes Reisemobil mich zügig hunderte von Kilometern nach Norden gebracht. Aber durch welche Gegenden! Die Menschen spinnen: wunderschöne Berge, farbige Felsen, vermutlich schöne Strände, aber nichts zu sehen davon, weil alles zugebaut und zersiedelt ist. In die bunten Felsen sind überall Wunden geschlagen. Rund um kleine alte Orte ziehen sich breite

Gürtel von Appartementhäusern. Sie sehen fast immer gleich aus, oft im völlig absurdem Zuckerbäckerstil, und alle stehen leer, denn jetzt im November ist alles unbewohnt, tot. Diese merkwürdige Architektur mit Türmchen, Zinnen und Erkern. Ein Häuschen alleine wäre vielleicht noch originell, aber hier ist eines wie das andere dicht an dicht gedrängt, hundertfach. Das ist nur noch absurd. Doch selbst diese Absurdität wird noch überboten von Benidorm. Es liegt zwischen schönen Felswänden in einem Talkessel, nahe am Meer. Da stehen Hochhäuser, sicher dreißig bis vierzig Stockwerke hoch, so hoch wie die Berge! Wer will denn hier wohnen? Im Sommer muss es hier laut und voll sein, im Winter gespenstisch tot und leer. Aber am Ende dieses Horrortrips lande ich in einer Idylle. Eine kleine Straße führt mich durch Orangen-und Mandarinenplantagen zu einem Campingplatz, direkt hinter einem Dünenwall am Meer. Und hier ist der Strand nicht, wie ich es an anderen Orten der spanischen Küste erlebt habe, schmut-

zig verbraucht, sondern hell, sauber und frisch. Der kleine Ort Oliva liegt zwei Kilometer vom Meer entfernt, es gibt außer dem Campingplatz und ein paar privaten Ferienhäusern keine Appartementbauten. Idyllisch.

18. 11. Oliva

Ich erlebe zum ersten Mal auf dieser Reise, wie die Sonne aus dem Meer aufsteigt!
Auch hier, südlich von Valencia, treffe ich auf Überwinterer. Jeder hat sein zugeteiltes Planquadrat ordentlich abgesteckt. Auch mein Schneck steht in einem Quadrat. Neben mir, hinter mir, vor mir: Deutsche. Sogar die Dame an der Rezeption spricht Deutsch. Die Wohnmobile werden gewienert, die Fern-

seher laufen, wenn die Sonne nicht scheint, und am Nachmittag trifft man sich zum Boule. So eng nebeneinander zu leben, könnte ich keine Woche aushalten. Und die Menschen hier tun das freiwillig und spielen Glücklichsein!

19. 11. Oliva

Spanier lerne ich auf diesem Campingplatz nicht kennen. Nur die freundlichen Kassiererinnen im Supermercado. Doch auf dem Markt, der einmal die Woche in Oliva stattfindet, erlebe ich Spanier in aller Lebhaftigkeit. Das pralle Leben! Ein Wahnsinnsgedränge! Es wird gefeilscht, geschwatzt, gewühlt, und es gibt alles zu kaufen, was man sich nur ausdenken und wünschen kann. Von allem wird im Überfluss angeboten: Gemüse, Obst, Fisch, Oliven, Kleidung, Wolldecken, Socken, riesige Unterwäsche, Vorhänge, Tischdecken, Geschirr. Ich erstehe eine warme Hose für fünf Euro, eine feinere für Barcelona für zwölf Euro und eine Paellapfanne für zu Hause, außerdem zwei Schals für Jo und zwei für mich. Stundenlang schlendere ich in der dichtgedrängten Menschenmenge herum, lasse mich treiben, beobachte. Alle sind fröhlich. Die einfache Marktfrau scherzt mit der städtisch gekleideten Dame, dazwischen die an ihrer ledrigen Bräune erkennbaren Campingplatzbewohner. Es ist offensichtlich *das* wöchentliche Ereignis, zu dem man sich trifft. Angeregt wandere ich die zweieinhalb Kilometer zurück ans Meer. Der Weg führt an einem Flüsschen entlang mit Enten, Sumpfhühnern, Silberreihern und einer flach über das Wasser flitzenden bräunlichbeigen Schwalbenart, die ich nicht kenne.

20.11. Von Oliva nach Benicarló

Morgens sind nur noch sechs Grad, in der Nacht habe ich gefroren. Die Fahrt geht durch Apfelsinen-und Mandarinenplantagen zügig nach Norden. Die Landschaft ist bergig, sehr schön, aber alles ist zugebaut. Der Campingplatz im Delta ist geschlossen, finde einen geöffneten bei Benicarló. Kaum ist die Sonne weg, wird es kalt.

21.11. Von Benicarló nach Barcelona

Bei vier Grad am Morgen warte ich mit dem Frühstücken, bis die Sonne scheint. So bin ich doch ganz froh, dass die Zeit sich dem Ende zuneigt und ich demnächst in Barcelona in einem warmen Hotelbett schlafen kann.
Weiterfahrt durch interessante Landschaft, aber alles vollgebaut. Lande durch Zufall auf der C31, einer Wahnsinnsstraße: sehr eng und kurvig, ohne Haltebuchten, voll befahren, komme ins Schwitzen. Je weiter ich nach Norden komme, desto schwieriger wird es, einen geöffneten Campingplatz für die Nacht zu finden. Natürlich weil es hier jetzt, gegen Ende November, keine Camper mehr gibt. Die Nächte sind kalt in meinem Reisemobil, eine Decke nach der anderen lege ich über meinen Schlafsack. Außerdem geht die Sonne früh unter und spät wieder auf. Die Campingplätze bei Barcelona sind alle geschlossen. Werde schließlich nach Kurverei im dichten vierspurigen Verkehr auf der anderen Seite fündig. Der Campingplatz, den ich nach langem Suchen schließlich finde, liegt nur zwei Kilometer außerhalb von Barcelona.

Es ist der letzte Abend allein unterwegs, auch die letzte Nacht in meiner roten Schlafhöhle. Aber in die unbändige Freude, den Liebsten wiederzusehen, mischt sich auch leise Wehmut. Die wundervolle Zeit, erfüllend, bereichernd, beglückend –

manchmal aufregend, frustrierend, aber immer frei, ist zu Ende. Was habe ich gelernt, was kann ich mitnehmen? Für ein umfangreiches Résumé ist es sicher noch zu früh, aber eines weiß ich tief im Inneren: Diese Zeit mit mir alleine ist ein Geschenk, das mich verändert hat.

Ich durfte mich neu kennenlernen, konnte allen Einfällen, allen Eingebungen nachgehen, konnte Gedanken, Entscheidungen zulassen und erfahren, was daraus wurde. Konnte erleben, wie ich in heiklen Situationen reagiere, wie ich mit wenig Sprachkenntnissen zurechtkomme.

Was ich jetzt ganz sicher von mir weiß: Ich brauche das Meer in der Nähe, werde mich immer danach sehnen, ich brauche Anregung durch Kunst und Kultur, und ich brauche den Wechsel zwischen geselligem Austausch mit Freunden und der Stille, dem Alleinsein in der Natur.

Ich bin tief dankbar für diese Reise, die Erlebnisse werden bei mir bleiben solange ich lebe.

Chur
Rothenbrunnen
Bonaduz
Rhäzüns
500 m

Epilog

22.-25.11.

Freudiges Wiedersehen mit Jo. Berauschende gemeinsame Tage in Barcelona! Hotel direkt an den Ramblas. Barcelona ist eine aufregende Stadt, die Bauten von Gaudí mit Sagráda Família, großartige Kirchen, Konzerte, Schlemmen, Shoppen.

26.-27.11.

Fähre Barcelona-Genua, gute Kabine. Mittags Ankunft in Genua, Schnee auf den Bergen! Fahrt durch Italien, durch die Schweiz im Dunkeln, Übernachtung in kleinem Gasthof.

28.11.

Über Nacht zehn Zentimeter Neuschnee! Durch tiefen Schnee zum San Bernardino, durch den Tunnel, über die Grenze, Übernachten im Knüllwald.

29.11.

Wieder viel Neuschnee über Nacht, schwieriges Fahren über die Kasseler Berge. Fahren an Hamburg vorbei bis nach Uelvesbüll, wo tiefer Winter herrscht.
Komisches Gefühl, wieder zu Hause zu sein.
Erstmal schlafen ...

Mit Fotos von Ute Karen Seggelke
Satz und Litho: typocepta, Köln
Printed in Germany

ISBN 978-3-941787-51-3

www.jacobystuart.de